蒙古 西伯利亚
踏破记

［俄］埃德加·哈特曼（著）

［日］田中修治　　　（日译）

马福山　　　　　　（汉译）

内蒙古出版集团

内蒙古人民出版社

图书在版编目（CIP）数据

蒙古西伯利亚踏破记/（俄罗斯）哈特曼著；（日）田中修治日译；马福山汉译. —呼和浩特：内蒙古人民出版社，2016. 4

ISBN 978 – 7 – 204 – 13961 – 3

Ⅰ. ①蒙…　Ⅱ. ①哈… ②田… ③马…　Ⅲ. ①纪实文学 – 俄罗斯 – 现代　Ⅳ. ①I512. 55

中国版本图书馆 CIP 数据核字（2016）第 076087 号

蒙古西伯利亚踏破记

作　　者	［俄］埃德加·哈特曼
日文译者	［日］田中修治
汉文译者	马福山
审　　订	赛音朝格图
责任编辑	高　彬
封面设计	那日苏
出版发行	内蒙古人民出版社
地　　址	呼和浩特市新城区中山东路 8 号波士名人国际 B 座 5 楼
网　　址	http://www.nmgrmcbs.com
印　　刷	呼和浩特市达思特彩色印务有限公司
开　　本	710mm×1000mm　1/16
印　　张	13.5
字　　数	220 千
版　　次	2016 年 9 月第 1 版
印　　次	2016 年 9 月第 1 次印刷
印　　数	1—3500
书　　号	ISBN 978 – 7 – 204 – 13961 – 3/K·714
定　　价	29.80 元

如发现印装质量问题，请与我社联系。联系电话：（0471）3946120

著者小影

骆驼商队的向导——确吉

作者忠实的伙伴——塔里木

我们商队的朋友们

阿尔泰山脉的游牧生活

沙漠中的准噶尔

在艾比湖捕鱼的蒙古人

高山——伟大的自然

目　　录

第一篇　走千古的商队大路

第二篇　横穿西伯利亚大草原

蒙古西伯利亚踏破记

第一篇

走千古的商队大路

1 蒙古人

俗语有云：条条大路通罗马。但在荒凉的蒙古境内，就连大路也是很稀少的。在蒙古境内，还有很多人迹罕至的、从未考察和开发过的原始、黑暗的地方，还有许多连欧洲人也未曾涉足的地方存在。在几个世纪的悠悠岁月中，甚至于在现在，亚洲一直都是一个谜一般的存在，而且，在将来也有可能戴着它神秘的面纱一直留存下去。不管是对于蒙古还是对于亚洲，我们似乎有着很多样化的、比较全面的了解，然而，若究其根本，就我们所了解的程度而言，还是很有限的。至于原因，一方面是由于蒙古境内的高山峻岭都矗立于荒漠之中，是险要的天然屏障；另一方面是由于该地区的居民性情暴烈、民风彪悍所致。马贼部落常年盘踞山中，商队在大路上消失踪影；被害者的骸骨或者暴露在灰白惨淡的阳光下，或者在酷热平原的阳光里被炙烤。这片荒凉之地上的居民对外来者有着很深的猜忌心理，因此难以接近。而武装到指甲的盗贼们常常骑在奔驰的山马上，从其山中老巢突袭而出，对在野外行进中的或在野外宿营的商队进行所谓的远征掠夺。高空中盘旋着的亚洲山鹫，寻觅着这个远征掠夺途中横陈的尸体与腐肉。而那些落入马贼手中的旅人和商队，他们的命运是很悲惨的，他们或者被绑架后惨遭杀害，或者被当作人质迫使他们的亲人、朋友用很高昂的赎金来交换他们的生命和自由。马贼们占据着难以靠近的山坳内部作为他们的大本营，至于被俘虏的旅人和商队们，也被藏在此处，等待他们的友人前来救援。如果没有等到以赎金前来救援的友人，等待着的这些俘虏们将在经历过严刑拷问之后被残忍杀害。在这里，法律什么都不是，力量才是一切的决定因素！强者就是权威者！我从距蒙古边境不远的一个小城市科帕尔（kopal）越过阿尔泰山脉向科布多行进，并将从那里到达乌里

蒙古西伯利亚

踏破记

雅苏台。然后，打算沿着色楞格河向着买卖城——阿拉坦布拉格、恰克图行进。

科帕尔，在阿尔泰山麓的商队大路上，是贯通南北的要塞通道。这里的原住民由蒙古人和吉尔吉斯人以及萨尔特人构成，大部分倚靠互市贸易和走私为生。由于该地距离蒙古国境只有百余俄里，贸易过程中，货物既可以从俄罗斯进口，亦可反向出口到俄罗斯。大商队为了能够朝着或南或北固定的休息地中转站行进，全都是秘密越过边境，带着家畜或者货物行进的也随处可见。就连边境监管人员也参与从事走私活动，所以将货物带进或带出都是轻而易举的事情。我本人也加入从科帕尔出发，越过阿尔泰山脉，经过准噶尔，去往鄂科特科山脉的科布多的商队行列中。我们的商队队伍是由各个商队的负责人、四十头驮畜——小匹的跑足马和骡马组成的，他们搬运皮革、弹药以及烟草。负责人中一部分是蒙古人，一部分是吉尔吉斯人。商队的领路人是拥有超常身躯以及体力的草原蒙古人，他刚猛粗犷的脸上疤痕交错。假如不知道他是商队的领路人，在外面相遇的话，谁都会吓得远远地躲开他。

领路人名叫确吉，今年四十五岁。他在从科帕尔到科布多的路上往返过多次，大都是为富裕的商队领路而走这条路线。迄今为止，确吉曾领着商队迷失过道路，但商队负责人们始终对此毫无觉察的情况也是有的。

显而易见，作为专职的领路人，他在自己熟悉的路线上有其自身独有的黑幕存在，并借助于此使得自己的客商的安全得以保证。在科帕尔时与我关系甚笃的吉尔吉斯朋友曾亲切地给予我忠告，希望我能与确吉建立深厚友情，因此，我尽可能地与确吉亲近、并肩同行。作为交换条件，我甚至为此牺牲了最好的手枪。这样，我就能与他们结伴同行，万事无忧地展开科布多之旅，若不是如此，我恐怕就到不了科布多了。

2 翻越阿尔泰山脉

　　将科帕尔甩在身后，我们行进到极其荒凉的阿尔泰山脉时，已是秋季了。这条山脉中，海拔超过三千米的高峰为数不少。

　　与之前的旅行一样，我领着一位名叫塔里木的吉尔吉斯人。他是一位非常出色的男子，所以我选择了他当我的伙伴。他不仅俄罗斯语说得相当流利，就连蒙古语和这一带通用的几种方言也都会说，不管什么事情，我都可以委托这位随从去完成，有时我不曾注意到的事情他都考虑得非常周全。实际上，在伊连哈比尕尔山脉里的那个酷寒的冬夜，他曾搭救过我的性命。当时他所面对的敌人总数多达五个，并且在救援到来之前的两个小时中，他一直与敌对抗，以保护我的安全。因此，我在之后的旅行中从没想过要与他分开，特别是在翻越荒凉山脉的旅程中，能够有这样一个人可以全心信赖，于我而言，真是至关重要的事情。

　　我们两人跟在商队末尾前行，是为了保护商队，防止其遭遇意外的袭击。在我们的商队一天比一天靠近阿尔泰山脉的时候，天气也变得像冬天一样寒冷。这里寒气逼人，道路因结冰而异常光滑，加上积雪又深，我们在前行的道路上遭到了挫折，已经好几天在半路上徘徊不前，其间还一直是在野外露天宿营。繁星闪烁的夜空下驻地的篝火，远处、近处的起伏山峦以及猛兽的吼叫声，披散着头发的年轻人仿佛是从马贼巢穴中走出来的人影，这些就是结束了一天的疲惫旅行而休养生息的商队的形象。某一天晚上，我们到达了蒙古国境的关税机构。意外的是，我们毫不费劲、顺利地通过了税关。

　　我们在这里的海关为过往商人准备的指定的仓库兼旅馆的一间大屋子里过了第一夜。到这儿后，我们的牲畜终于又填饱了肚子，我们也得到了

蒙古西伯利亚

踏破记

野　营　天　幕

蒙古的山间小镇

在高强度的旅行疲劳中休息、放松、恢复体能的机会。为了能度过一个轻松、愉快的夜晚，塔里木积极地与房东联系，进行了全面有效的沟通。虽然我们在睡前做好了充分的御寒准备，可是由于这里地处山中，海拔高达两千多米，午夜过后气温骤然下降，大家都冷得瑟瑟发抖。在无奈的情况下，我们只得紧挨着自己的马，披上毛皮、毛毯之类的御寒衣物睡了一夜。

夜半时分，我被惊恐的叫喊声惊醒。我循着屋子环视四周，原来是有人正企图掠夺我们行李中的部分货物，而且他们已经控制了现场。我们的向导确吉立刻召集大家聚集起来，随后，我们的一伙人手握匕首冲向他们。我和塔里木在我们睡觉的房间一角目睹了整个过程，我们俩准备好了手枪，并做好心理准备，以应对可能突然而至的战斗。然而顷刻之间，确吉已经和伙伴们一起把他们扫荡无遗，其余的人撇下三名负伤的同伙逃之夭夭。我们又躺下休息了一会儿，一直到天亮，他们没有再来袭扰我们。第二天早上，国境监视所所长和海关所长过来调查了事发现场，我们的向导麻利而熟练地应对并送走了他们。我们做好出发的准备，然后又向着荒凉的、积雪很深的，狂风呼啸、飞雪弥漫的山脉中部挺进了。

沿着这条蜿蜒的山路，我们来到了山峰顶端。在雪地中，我们深一脚浅一脚地走了一段又一段；沿着羊肠小径，我们一个人接着一个人排成雁形队列气喘吁吁地往前行进。有时会走到结冰路滑的地方，也遇到过悬崖峭壁上飞石下落的路段，总之，我们的行程遇到了种种阻碍。小径总体上沿着卡拉塔尔河岸延伸，国境海关旅馆事件发生之后的第三、四天，我们走到了山脉中最荒凉、最寂静的地方。商队以缓慢的步伐走到这里，放眼望去，此处云层深厚，浓重地覆盖在山顶上，人们甚至无法放眼远眺。迄今为止，我们从未因天气而发过愁，可是现在，变幻莫测的天气已经逼近我们。虽然雪下得没有那么大，但寒冷实在让人难以忍受。寒冷的东北风一直刮着，不时有冰冷的细小雪粒打在脸上。天色越来越阴沉，继而下起了连绵的小雪。

一个冬日阴沉的正午时分，当我们正打算花费两三个小时征服这次旅途中最困难的一段路程时，突然，好像晴天霹雳一般，从陡峭险峻的山崖那边发射过来了骤雨般的乱箭飞弹。原来，我们早就被一群匪徒盯上了。只见我们的向导中有三人中弹倒下，而一群匪徒迅速向我们冲来。瞬间，

7

我们的马匹因惊吓而乱作一团，场面极度混乱，难以控制。几个匪徒躲到了山崖背后，又向我们开枪袭击。确吉向导竭尽全力召集、引导大家逐个躲在岩石后，并迂回到了匪徒背后，开始了一对一的搏杀。几番交战之后，敌阵开始瓦解，匪徒们飞兔似的夺路逃命而去。我们的伙伴中有八个人负了伤，其他人员安然无恙。我们把负伤者送回商队暂住的地方，尽可能地进行了消炎、包扎等伤口处理工作，并试着将负伤者扶上了马背。我们的商队又静静地上路了。雪渐渐变深，夜幕开始降临，此时，我们已经越过了山顶。等到四周漆黑一片的时候，我们终于走到了山脉对面的小镇旅馆。

这个蒙古人经营的驿站旅馆非常原始而简朴，只是一座小小的木造房屋，一个较大的、从不锁门窗的大仓房与其相邻，仓房里可以圈牲畜。在旅途中，人与牲畜始终要在一起，不可分离，而且旅行者也没有将小手枪（匣子枪）离过手的先例。商队的人即使是在旅馆，也必须时刻防备强盗、匪徒的突然袭击。

设想了可能会发生的种种危险，并考虑好了怎么安全稳妥地保护身体之后，为了能够得到充足的休息，我们都尽量放松身体躺下了。其间，雪越下越大，我们投宿的小店房屋的四周都刮进了雪花。不仅如此，过了一会儿，风也刮得越来越大了。我是挨着枕在马肚子上睡觉的塔里木的一侧睡的，片刻之后，突然刮起了暴风，宛如要刮走我们住的小房子似的。我又被风声惊醒了，也许是深更半夜的缘故吧，我是怎么也不想睡了，于是，我们点燃了炉火取暖，以防冻坏身体。然而，在屋子里稍微有了一丝暖意之后，我们又感觉到了疲惫困乏，不顾寒气袭人，我们在小屋里又一次进入了梦乡。

我们本打算休整一上午，中午开始赶路的。可是，天公不作美，打乱了我们的计划。暴风雪越来越猛烈，天空飘起了鹅毛大雪，房屋周围刮起的狂风，好像要把小屋子刮飞一般，十分吓人。虽说是同样的暴风雪，但在山里和在平原上的景象是完全不同的。从山脉中部刮起的风冲到岩石山崖边聚集后，形成了更强大的风力，由塔尔巴格太山脉刮下来的东北风不但时间长而且风力大。如果皮肤长时间地裸露在这样的风里，就会睁不开眼睛，因此，我们决定不再继续赶路，今晚还是在这里过夜。为了防备不测，大家决定轮流值班和睡觉，一部分人睡觉时，另一部分人站岗巡查。

商队大路上的阿尔泰山中干枯的河床

山间居民的财富

　　我和向导塔里木两个人在仓房的一个角落里燃起了一小堆篝火，我俩打算就在此打发午夜时光。但是由于一整天的奔波劳顿，我在篝火旁边躺了一会儿就睡着了。塔里木和确吉两个人为了大家一直没有合眼，午夜时分，塔里木叫醒了我，于是我代替他守夜，一直到天亮。

　　暴风雪稍稍有了点减弱的趋势，轻飘的雪花断断续续地落在地上，除此以外，再没有其他风景，风几乎已经停了。一想到明天就能够继续我们的行程，我心里的喜悦之情油然而生。

　　天空越来越晴朗、透彻，星星都露出了笑脸，然而雪后极度寒冷的空气咄咄逼人。一直到早上，旅店里都很宁静，没有再发生什么事情，我们的人马也得到了一定的休养、恢复。就这样，在排除了种种困难、危险之后，我们再次踏上了旅途。由于极端的寒冷，积雪变得非常坚硬，我们的面前又出现了诸多难行之路。于是，我们将负伤者每两人编成一组，分别驮在马背的左右两侧。因为携带的货物较多，再无法给负伤者提供比这更方便、更舒适的乘马条件了。这一天我们原本是打算奔向目的地艾比湖的，但是由于一整天都刮着暴风雪，所以没能实现这天的行程计划，最后，我们在离预定的目的地还差大约一百四十俄里的地方支起帐篷，被迫在野外宿营了。在艾比湖附近一带，不时会有棕熊出没，而且不只是单个出现，有时会有好几只成群结队地出现。我们把马鞍拿了下来，为了防止马群走远，将马几匹几匹地拴在一起放了出去。点燃了两大堆篝火后，仓房里的温度马上升了起来，我们得以在寒气的袭击中保护了身体。漆黑的夜晚、暗淡的雪景、高高耸立的雪山峭壁、星光闪闪的天空、野狼的号叫以及休息地篝火的光亮、时刻逼近着的危险，这些构成了荒凉的阿尔泰山脉独特的夜晚的情景。

　　商队的人们轮流承担打更、放哨的任务，确吉和我负责最后一个值班。过了午夜，塔里木把我叫醒了，然后我们三人一起站岗放哨，幸好没有发生任何事情。黎明时分，天气越来越寒冷，天空中乌云密布，又阴沉起来，眼看又要下雪了。就这样，新的一天又开始了。我们叫醒了大家。因为大家晚上都休息得很好，身体得到了充分的放松，所以都心情愉悦地开始了新的旅程。渐渐地，我们离阿尔泰山脉越来越远了。第二天夜里，我们没有吃什么苦，轻松地走到了艾比湖畔的商队大路沿线的小街，并在这个小街上定下了把马换成骆驼的计划。

3 从艾比湖穿越准噶尔

我们打算在艾比湖畔的商队小街整顿休养三天。投宿处的店家是确吉的老相识，一个老实善良的男子，因此我们感到自身的安全得到了完全的保证。

这样的住宿处比起最近在山里的露营地不知好了多少倍。我们把马赶到门窗紧闭的小仓库里，就能回屋里睡觉了。家里的大房间充当客人的房间，剩下的小房间则是店主及其家人的住所，方才安置马匹的小仓库紧挨着一间正屋。就这样，时隔许久之后的这一晚，我们终于能够在房间里悠闲地休息休息了，不用再担心货物被盗或者我们被袭击，身体也因此得以好好放松。店主点起炉火，为我们用俄国式的茶炊煮了茶，还准备好了肉干，配着伏特加酒和蒜，还有荞面面包以及米饭等。这样美味的食物，我们已经很久都没有吃到了。马也终于能在连像样的饲料也没吃到的一整天之后，饱饱地吃一顿干草大餐。这之后不久，所有人都沉沉地进入了梦乡，只有一个人不眠不休地看护着我们，为大家守夜，他就是我们的塔里木。他在这之前的四十六个小时中，不仅为了我的安危，也是为了保护马匹不受伤害而竭尽全力地警戒守护着。

第二天早晨，我们一醒来就感受到身体里好像注入了新的活力，浑身轻松、愉快多了。我们先去观察了伤员们的休息情况，然后又巡查确认了马匹和将要运往科布多的货物的情况。中午，投宿处的人们邀请我一起去湖上捕鱼。盛情难却，我便带着塔里木出门了。这里所谓的渔具，是两艘大船和一张大网。湖里水产资源丰富，水质相当澄澈明净，从湖面上基本上都可以看到湖底的情况。无数的鱼儿在水里游来游去，明媚的阳光射入水中，几乎可以看到鱼儿们每一个细微的动静。我们在湖面上划出了很远的距离，几乎已经看不到湖岸了。当从一艘船上差不多刚好能把网投到另一艘船上时，两船同时拽引着捕鱼网一路向着岸边返航而来。

网很重，显而易见，我们捕获了很多鱼，已经达到抬眼即是的程度。当我们行驶到中途时，从岸边又行驶过来两艘船，逐渐向着我们靠近，最后驶入我们的船所在的区域，协助我们把网拖拽回停泊的岸边。船停靠在岸边，我们的伙伴们帮忙把网拉出水面。"真是相当可观的收获。"店主也对我们这样说。网中捕获到了十普特 [注：重量单位，16.38 千克]、大约四百斤的鱼，如此丰厚的收获让大家不禁喜上眉梢，高兴极了。高兴之余，我们最先给伤员准备富有营养、热乎乎的食物，我们当中的四个人马上取来从投宿处借来的大盘子，开始做俄罗斯、蒙古风味的鱼汤。鱼也没有特意细致地洗就扔到大盘子里，又放进去很多葱、蒜和咸盐，然后把鱼煮成粥状，如此，鱼汤就熬好了。然后，我们把食物都盛到盘子里，就在这里开始了鱼汤宴会来款待大家。读到这里，读者们也许会想，这种作为替代物的鱼汤一定难以下咽，而且一直以来恐怕都是如此。事实上正好相反，这鱼汤却是甘露琼浆一般的滋味。为了应对今后的疲乏劳累，我们应该积攒更多新的动力，而这样的休息时间还有两天。新的旅途开始之后就要变成先由骆驼驮货继续行程，所以又重新规整了货物行李。寄宿地的店主给我们送来了骆驼并回收了马匹——这就属于纯粹的物物交换了——马将随着下一拨商队一起返回科帕尔，而且店主将再次从反方向购入骆驼，这样振动子式的交易就能顺利进行了。店主给我们准备了三十五头驮东西的骆驼和十头骑乘用的骆驼，我们的一切都按计划像往常一样顺利地进展下去。休息日的第三天我只是吃饭、睡觉，一天什么也没做。休息三天后，即我们到达的第四天早晨，在天亮的同时，我们起程走进了无边无际的大草原。

太阳像一只红色的大球一样远远地浮现在地平线上。眼前的小街渐渐离我们越来越远，开始还遥遥相望，不一会儿就遥远得连轮廓都无法辨认了。只有那远处的湖面轮廓分明，清清楚楚地浮现在地平线上，她把我们引向了辽阔的荒原。我们沿着阿尔泰山脉的支脉，从艾比湖朝着东北方向奔着艾里克湖行进了。

在这无边无际的准噶尔沙漠与草原地区，今后有望能吃到新鲜野味，因为在这宽广的地域内有很多雪鸡、雪兔以及其他的猛兽等等。凭借着绝佳的天气，我们大踏步地往前赶路，我们的骆驼也都是休息好的、身强力壮的。在草原上赶路，骆驼的速度比马快得多了。这一带即使在冬季，白天的天气也是温和宜人的，但是，一到了夜晚就是刺骨的寒冷。我们一直是在山脉脚下赶路，所以很容易就收集到了过夜点火用的树枝。这里的丘陵地之间树木繁茂，所以收集点篝火用的干柴火不成问题。每天白天，我们都大概走三十乃至四十俄里路，到了夜晚，把骆驼的背鞍取下来，饮好水，然后用一根绳子将它们串起来，放在一起休息。我们在宿营地的两大堆篝火旁搭起了帐篷，为了防备猛兽侵袭，又安排了几名巡视放哨人员。这里经常出现商队被野狼群袭击后连最后一人都不剩，全体人员被狼吃掉的悲惨局面。

商队在一望无际的大草原上迎来日出送走晚霞，日复一日。他们有时在平坦的路上行进，有时穿越凹凸不平的丘陵地带，只要走到稍微有些变化的地方，他们就尽情地狩猎雪兔、雪鸡等野味，猎物较多的时候，就在夜晚，在宿舍的炉旁聚到一起举办野味晚餐，真是其乐无穷。

旅行开始后的第七天我们来到了离艾里克湖边不远的地方。从整个这一段的行程来看，安排得非常妥当。这个湖与艾比湖地区相比的话，已经处在山中较高的地方，所以这里属于高原地区，气候比较寒冷，来到这里就能看见雪域高原，因此，我们的骆驼被冻得吓人。骆驼虽然对气候比较适应，但是夜晚的寒冷还是常常难以忍受的，因此，我们尽量点燃了篝火以便取暖。

然而，通过艾里克湖却不是那么容易的，这里不像在艾比湖附近时的夜晚那样安安静静。这里是阿尔泰山脉的最前端，白天风光特别美丽，但是这一带有棕熊。在人烟稀少的地方，熊的习性更加凶猛、激烈，但是还胆小怕人，偶尔与人相遇时，通常会非常可怜地被击毙。晚上，我们做好了各种准备。为防万一，我们增加了篝火堆，又点燃了几堆篝火后，大家才渐渐休息了。深更半夜的时候，我突然听到了非常可怕的吼叫声。我飞快地起身一看，塔里木和确吉都不在。这两个人是昨天一天一点也没有离开过我的随从人员，我再看看周围，他俩谁都不在。这时，从离我们不太远的地方又传来了一群棕熊吓人的吼叫声。营地里的篝火还在高高地燃

烧，火光亮得能看见很远地方的东西。

我拿着小杆枪和手枪，爬着向传来声音的地方慢慢靠近。很快，我确认自己搞错了方向，必须从有低矮的树林子的丘陵那边绕过去才行。我马上向一侧一闪身躲开了熊，否则它肯定会立刻向我扑来。或许是因为害怕我，它站在我前面不走。接着一瞬间，从树林子另一侧的拐角处出来了一只母熊，还领着一只小熊崽子。我看见确吉就在我附近想抓捕小熊崽子，结果母熊站起身看见确吉后就向他飞快地跑过去了，确吉怕得没敢抓小熊崽子。我想开枪击毙小熊，但还是没敢打，因为母熊正在靠近确吉的身体，想扑在他身上用前掌抓他。在昏暗中，我只看见确吉拔出匕首冲着熊的腹部从下往上刺了进去，立刻间，熊发出恐怖的声音，吼叫着倒了下去。

我确认了确吉和塔里木与熊格斗过，但他们俩都平安无事，接着我们一起商量将打死的熊抬回宿营地。然而仅凭我们三个人是无法抬回去的，于是塔里木先回宿营地叫来了两三个帮手。在他们的帮助下，我们把熊用临时做的简易车拉回了营地。虽然天仍然黑着，但我们今天的猎物还不错。宿营地的人们非常高兴地迎接了我们，营地的篝火借助风力再次燃烧了起来，我们利用捕猎的熊肉又举行了熊肉大宴，大家都高兴地享用着，就好像是自己捕获的一样。不过，这样大的猎物确实是依靠大家的努力才能获得，这是不言而喻的。熊前掌是著名的美食珍馐，我用刀把熊前掌的肉切下来，用铁丝穿起来在火上做了烤肉。我们在这个艾里克湖附近的地方休息了三天，今后的打算是从艾里克湖转移到乌伦古湖那边。第二天，平平稳稳地过去了，大家都睡好了，骆驼也得到了很好的休息。有几个睡不着觉的人，他们出去打猎了。一大早出去打猎的时候看见过两三只雪鸡和二三只野兔，于是确吉和我为了丰富我们的伙食，为了餐桌上增加些新鲜肉类，试着发射了几颗子弹。不然，我们每天只是吃一些干肉、米、面包什么的过日子。太阳从高高的上空给我们送来了光和热，脚底下的沙土也渐渐热了起来。尽管如此，一到了夜晚，刺骨的寒冷还是会铺天盖地地袭过来。接近中午时分，我们领着塔里木去了距我们营地五六公里远的加依尔山脉支脉上的狩猎场地。我们只带了短枪和手枪，却没有考虑到猛兽来袭的可能性。

喇嘛诵经祈雨的地方

蒙古西伯利亚

踏破记

游牧民的毡房

走了大概两个小时后，我们抵达了高地上的狩猎场。确吉以前曾经来过这个地方，所以对地形等情况比较熟悉。这块四周被岩石包围的地方自身形成了一个小平原，平原里长满了较高的野草和灌木等等，还自然地形成了一个平原小密林。这个平原里不仅有雪鸡、雪兔，还有其他的野生兽类，据说有时还能遇到西伯利亚虎。这里，已经属于西伯利亚虎栖息圈的北端了。我们弯着腰穿过了相隔将近五米远的灌木丛之间的空隙，走进了这块平原地区。

迄今为止，我还未曾见到过野狼，据说这一带也几乎不可能见到狼。靠左翼的塔里木正沿着森林的茂密之处向前行进时，突然，从他那边传来了枪声，同时我们听到了塔里木疼痛难忍发出的呻吟声。就在那一刹那，确吉和我迅速俯卧在了地上，我们是害怕被盗贼群袭击而下意识地隐蔽保护了自身。我们的这种想法果然没错，因为在枪声响起的同时，我们还听见了从平原的低洼处朝着我们走过来的人的说话声，使得塔里木受伤的子弹就是从他们那个方向射过来的。我们想着要尽快移动到塔里木那里，哪怕爬过去也行，如果可以的话，应该火速把他转移到安全的地方。然而面前还有着重重困难，我们的计划一时还难以实现。首先，我们还没有见到发射子弹的那些未知的对手；其次，即使见到了那些人，也不能确切地知道子弹到底是谁、从什么地方发射过来的。究竟那子弹是从马贼群那里射过来的呢？还是俄罗斯的商队人员在途经大路旁边的小道时开枪的呢？不管怎么说，反正我们俩终于钻过低矮的灌木林，然后靠近塔里木身边，把他带过来了。可是，他因伤口疼痛而难以忍受地在地上翻滚，为此，我们必须尽快走出灌木林，去到没有树木的岩崖上面。

这个时候，我们不熟悉的对方那一帮人却越发地走近了我们，我们终于认出他们就是与平原地块相邻的塔尔巴格太山脉那里过来的那一群马贼。于是我们把塔里木放进这里较高的茂密草木丛中，做好了随时与马贼群开战的准备。已经非常激动、难以抑制内心愤恨的确吉甚至迅速勾动了枪的扳机，瞄准逐渐靠近我们的马贼开火，把他们的头目击伤了，马贼们瞬时吓得四散逃窜，都钻进草丛里躲藏起来。

大约过了一个钟头，太阳已经西斜，快要落山了，我们也必须抄最近的路尽快赶回宿营地。健壮能跑的确吉为了帮助塔里木治疗伤口，在最前头奔跑，不幸又受了伤，于是我又回到塔里木身边。如果把他一个人丢在这里的话，他一定会感到孤独难忍的。然而，马贼们似乎不顾首领已经负伤，反而向着我和塔里木所在的位置更加疯狂地进行攻击，我借着还剩下的最后一缕落日余晖，看清敌人们正在为处理伤者的伤口而忙碌着。当确吉领着两三个人返回我俩身边的时候，天已经全黑了。我们把胸部中弹的塔里木放到简易担架上，并选择最近的路线把他抬回宿营地。一回到宿营地，我就检查了塔里木的身体，发现他的左肺因被击中而受伤了。可以认定，他要恢复健康难度很大。我在塔里木的身体状况允许的条件下给他多扎了几层绷带，并给他铺上了毛皮和毛毯，让他尽量舒服地躺着休息。我一直坐在他的身边看护着他，我决定就这样一整夜地在他旁边守护。他曾救过我的命，对于我来说，他就是我身边最亲近的人。

远处传来野狼号叫的声音。天上的星星一闪一闪地眨着眼睛，寒冷的空气刺骨逼人。大家都进入了睡梦当中，唯独我一个人在昏暗灯光下的炉火旁守护着重伤者。风越刮越大，尽管我就坐在炉火旁边，但还是冻得受不了，身上严严实实地盖上了毛皮大衣。塔里木默默无言地躺在地上一动不动，很明显，是伤口的疼痛使他失去了知觉。深更半夜的时候他睁开了眼睛，好奇地环视了一下周围。我反复告诫他不要动，要好好睡觉、好好休息。虽然他受了重伤，但幸运的是体温一点也不高，基本没有发烧的症状。整晚守候在他旁边的时候，我也想着把身体靠近炉火，哪怕是一点点也可以，让身体好好地放松休息一下。虽然我没打算睡觉，但还是在不知不觉中睡着了，等醒来睁开眼睛时，天已经大亮了，而塔里木仍然是昏睡的状态。

期间，宿营地的其他伙伴着手做好了出发前的准备工作。确吉过来打听塔里木的伤情，遗憾的是我不能给他一个准确、肯定的回答。临近中午时，塔里木终于再一次醒过来并睁开了眼睛。当我问他伤口状况和身体的疼痛情况时，他说只是胸口处有剧烈的疼痛，要是没有这种疼痛的话，身体其他地方基本上就没有什么不能忍受的了。于是，我更换了他身上的绷带并重新包扎了一次。他说要起身的时候，我要求甚至是吩咐他，必须躺下去。为了他的身体着想，大家决定在原地再休息一天，等待、陪伴他，所以我命令他必须听话，安心休息，静养身体。如果可以的话，明天要让他继续跟着我们赶路，所以今天之内必须注意伤口，养好身体，以便尽快恢复体力。听到这里，他马上愉快地接受了我的意见。

确吉曾过来跟我打招呼，提议一起去附近的山上打猎游玩。我很赞成他的意见，于是从我们的商队中挑选了三名成员，结伴离开宿营地。我们猎获的猎物有确吉和一名商队成员打中的三只草原雪鸡、两只兔子，而其中一只兔子是我打的。就这样，我们猎获到十分新鲜的野味之后满载而归。

宿营地里的一切都显得有条不紊，平静而安宁。行包收拾好之后，有的人在躺着休息，另一部分人围坐成圆圈在聊天。谁也没有预料到，此时，从山脉那边袭来的危险正在向我们靠近。然而很显然，草原上对此已经预先有了征兆，曾经划过的一道锐利光线向人们警示过，危险正在步步紧逼。确吉常年在蒙古各地来来往往，十分了解当地居民的生活习惯，对家畜的饲养、调教等非常熟悉，并从这些常识中经常能推导出正确结论，他提醒我说，出现这种征象看来是要发生什么大事情。

蒙 古 美 人

蒙古贵人家族

许多秃鹫、鸢等猛禽飞旋在我们的头顶，它们像是已经看出来我们很快就要成为死尸，于是在上空盘旋等待，并紧盯着我们。确吉看到这些鸟就想起来这现象是出事的前兆。他又追加了一句，很快就会知道危险逼近的方向。他的话音还没落，我们就听见离我们大约有半俄里远的山丘上传来了激烈的枪声。听见枪声后，我们的队员们迅速起身做着应战的准备，很明显，这就是我们在狩猎场地的那块平原上遭受到的袭击的延续。我们的一部分伙伴将骆驼都集中起来。骆驼这种家畜是商队在沙漠里穿行时最宝贵的工具，毫不夸张地说，一旦骆驼被击毙，商队就会束手待毙，再无翻身的可能。我们又迅速把行包聚集起来做成堡垒，然后在堡垒的阴影处准备迎战来敌。我们做了这样的尝试后，发现效果不错。一开始，我们从未想到会遭遇盗贼的袭击，因而不得不在毫无准备的状态下进入战斗，再加上我们无法确切地了解和把握一直没有露面的敌人的真正数量、规模、实力强弱等具体的情况，因此还抱着侥幸心理。确吉曾说过敌人真正的实力应该很强，然而我的想法与确吉的正好相反。就这样，我们决定先让确吉好好观察一会儿敌人的具体情况，然后从敌人不间断的射击情况来分析，最后我们终于大致掌握了敌人的人数和装备情况。

我给伙伴们下达了命令——为了节省子弹，尽量不要射击！因为在这样一个荒无人烟的沙漠地区，想要有枪支弹药的后援补给是根本不可能的，而且距离下一个宿营地还有三百俄里远，再加上之前为了应对途中的各种袭击，我们拥有的枪支弹药已经折损了不少，可以说，眼下我们的弹药已经所剩无几、严重匮乏了。然而，非常值得庆幸的是，目前我们在地理位置上占据了绝对优势，两个方向上都有丘陵或者小岩石能用作掩护的屏障。美中不足的是，唯独东南方向视野开阔，没有可供利用的庇护之所。据此，我们这样进行安排和部署——夜晚时一定要做好连绵丘陵区域的防守，尽可能地引敌深入，诱使其主动与我们展开决战。很快，我们的战术奏效了。为了保证骆驼的安全，我们把驼群和行包转移到了一个巨大而突出的丘陵背面，从而确保能有一个安全、稳定的后盾。就地势上来讲，我们处于正面迎敌、背靠丘陵且无后顾之忧的优势状态，立足于这样的状况，即使敌人人多势强，我们也有个依靠，可以毫无顾忌地放手一搏，全力应战。

天色将晚，夜幕降临，天空又阴沉下来了。随着气温的下降，必须想到有下雨或者下雪的可能。天黑以后，敌人停止了枪击。也许这是敌人在采取调整之后的新战术，并试图通过这样的方式更清楚地掌握我们的新动态，摸清我们的新宿营地状况。但是，非常可惜的是，到目前为止，我们还没能充分细致地侦察、掌握到敌方的情况。为了不出现人员损伤，我们没有安排侦察传信任务，所以，最终也没能准确地把握到敌人所处的具体位置。我们只是在宿营地所在位置的核心区域安排了两三名人员充当岗哨警戒，以防备有可能趁夜深人静的时候匍匐着潜入营地的敌人。

深夜飘起的小雨逐渐大了起来。午夜过后，我们尽量把营地里的篝火转移到行包堆后面视线触及不到的地方。目前虽然有一些微弱的火光还在闪动，但若用手臂遮挡火光的话，周围昏暗得就只能勉强看见手指，如此这般，最后照明的程度也不过是只能模糊地看见眼前的事物。昏暗，对我们来说，不失为一种防御、隐蔽的绝佳条件。在平原上，这种夜晚的昏暗

蒙古西伯利亚

踏破记

中，住户家里点亮的灯火经常会导致行人对方向、距离和目标等的错误判断，以为是近在咫尺的东西，往往与事实有着很大的出入，甚至距离还相当遥远。诸如此类的事情极为常见。另一方面，我们发现自己疏漏了一个问题——大雨。拜这场大雨所赐，尽管我们的营地已经被打湿，但是我们必须想尽一切办法在不淋雨的前提下躲在帐篷里挨过今晚和明天。当然，因为下雨，有的人已经全身都湿透了。雨大，能见度低，我们只得把原来设置的四处监视岗哨撤掉，改换成每隔五十米安排两个人巡查，这样才能更好地保证安全，做到全面防范。在此基础上，我们要求每一位放哨人员都要留心，避免遭受到意外的突然袭击，更不要造成不应有的人员损失，为此，我们把站岗的位置尽量安设到离帐篷最近或者是帐篷旁边的地方。

雨渐渐停歇。在天亮前的再次袭击发动之前，这个夜晚，基本上没有什么突发事件妨碍我们休息。然而，这次敌军不是从平原方向进攻的，而是从我们的背面翻越山脉，然后朝着我们的新营地奔袭而来。敌人以我们营地上方的岩石为据点进行掩护发动了攻击，我们迅速把人员进行调配编组，各自按照部署就位，随时准备应战。我们就着燃烧得正旺的营地篝火的光芒摸清了敌人的阵势与规模，竟然和确吉早先预测的完全一致。燃起的大火，对于我们来讲简直就是一种新的危险。在沙漠或者草原上夜晚的黑暗中，有篝火点亮照明的地方，被袭击的形势是十分不利的。为什么这么说呢？因为在这样的场景中，发动袭击的一方可以把包围对象的一举一动都看在眼里，还可以依据观察到的目标情况及现状制定出精准有效的打击策略。这种情况下，将篝火完全熄灭是一个明智的举措，然而这样做的话又会使营地内外陷入一片昏暗当中，也有不利的方面。另外，我方对于周边地理环境的熟悉了解程度，肯定不及当地盗贼们那么详细透彻，因此，反击的时候常常把自身的行踪完全暴露在敌人面前。鉴于对上述诸多因素的考虑，为了迷惑敌人，我们反而在营地外较远的地方燃起了一大堆篝火。

拂晓时分，逐渐逼近的敌军对我们的威胁程度达到了顶点。敌人的进攻越来越猛烈，更由于占据了高点，所以常常以压迫的姿态与我们对阵。不大一会儿，在离我不远处的地方就出现了混战局面，我们只好按照伙伴们的意愿，将全部事情都交给他们自己去判断、处理、解决了。外面还很昏暗，甚至达到了面对面时鼻尖几乎相触的情况下才能勉强辨识出对方是谁的程度。恰在此时，有人大喊一声，说我们的营地里进来了不明生物，看不出是猛兽还是敌方的探子。其实是有两三名盗贼趁我们的宿营地发生骚乱悄悄爬进来，混入了我们的队伍中间。等后来察觉到敌人逐渐停止了火力攻击，我们才反应过来原来是我们的阵营里已经混入了敌人的探子，敌人停止射击也是怕把他们自己的探子误伤到。单凭这点，我们也可以很容易地判断出来这一情况。

于是，我们在宿营地展开了大范围的搜查、抓捕行动，最后共捕获了两名外来入侵者。审讯盘问他们时，两人都守口如瓶，什么都不说，也不辩驳。于是，我们的伙伴中有人把这两个探子用绳子捆起来，并绑在一个坚固的大树墩子上，迫使他们开口认罪。然而，这两个人依然一言不发，对所有形式的问讯都置若罔闻，毫不理会。在这种无法让他们自己开口坦白的情况下，我们只得采取刑讯逼供的手段了。于是，我们在两名探子周围堆起干树枝，点燃火堆，进行了严酷的火烤刑罚。然而对于这些一般生活在山里的蒙古居民们来说，经受严酷磨难的能力和意志早已经被锻炼出来了，不管怎么威胁、恐吓，也不管施以怎样的酷刑，他们就是不肯说出一字一句。被逼无奈之下，我们把两名探子的衣服都剥光，直接用火烤、用火烫，即使如此，他俩还是什么感觉都没有似的，完全不愿回答，或者说，根本就没打算开口。作为欧洲人的我对于这种近似于中世纪时期的野蛮酷刑和拷问实在难以忍受了，于是我对确吉下达命令，要他停止火烤等酷刑。然而，对我以往的一切指示都完全服从的确吉，好像觉得这次这个命令很难以理解，一直用包含着十万个不情愿的眼神瞅着我。我也觉得以自己的力量好像无法终止这场闹剧，只好由着他们折腾得差不多然后自行停止了。确吉一贯的做法是——习惯就是习惯，该按习惯来办的就一定要按习惯去做；法律就是法律，该依照法律来解决的就一定要按法律严格去执行。据此，因为两名探子不开口交代，所以按惯例就要给他们实施火烤的酷刑。

天亮后，敌人停止了射击，而我们为了躲避下一波的袭击，把营地的篝火都熄灭了，就等准备好了后再次出发，启程赶路。

蒙古西伯利亚

踏破记

4　从艾里克湖到乌伦古湖

体魄健壮的塔里木从重伤中逐渐恢复了体力，于是我们下决心从这里朝着乌伦古湖继续我们的旅程。从艾里克湖到乌伦古湖的距离大约是三四百俄里，我们现在选择的路线基本上都是要经过草原和沙漠地区的。我们的商队从此又开始了一如既往的单调、寂寞的旅行。烈日当空，日复一日地炙烤着我们；酷寒无情，夜夜难挨地煎熬、折磨着我们。温度计的指针显示，气温由白天的四十摄氏度骤降至夜里的二三摄氏度。一望无际的草原如画卷般在我们的眼前缓缓展开。在这样的沙丘地带，仅有少数的几处绿洲，其余都是一望无垠、千里连绵的沙丘和灌木丛。在这段旅程中，水是极其珍贵又罕见的东西。远古以来，这条商路上的过往商队所利用的水源都是专门为了饮骆驼而开发的泉水，间距很大，且都设有固定的饮水点，基本上是每走完一天的行程就有一处可供饮用的泉水。那泉眼都是在固定的间距里挖到一定的深度才能被开发出来，而且经常面临被风沙掩埋的危险，有时挖出泉水要花费一个多小时的时间。在这样的平坦旷野上，在确保不会有贼匪袭扰的情况下是很安心的，夜间只需要安排一两个放哨处监视即可。这一带简直就是无人区，只有过路的商队偶尔会为当地带来一些久违的人欢马跃的欢乐氛围。我们在通往乌伦古湖的途中遇见过一个大型的商队，他们将毛皮、木棉等农畜产品运往科帕尔进行贸易，他们来时走的路就是我们曾走过的那条路。这个大型商队由八十头驮畜及相当数量的向导与商人组成。

草原上的夜晚，小旅馆经常呈现出同样的景象——在住屋里点燃火炉子。我们躺在骆驼的身侧，盖着毛皮之类的东西睡觉。黑夜里，偶尔会传来猛兽的吼叫声划破长空。但这也是这一带不常有的事情，毕竟沙漠不会

寺庙前的喇嘛们

进行佛事活动的蒙古人

为这些猛兽提供藏身之处以及足够的食物。

　　途中再没有发生什么奇怪的事情，商队一日接一日地继续着单调又寂寞的旅行。我们在第七天的夜晚顺利抵达了乌伦古湖附近一带，这里的景色别具一格、富有特色。走到沙漠的尽头之后，塔尔巴格太山脉迎接了我们一行人，道路又变得艰险难行，我们必须翻越很多座海拔一千米以上的山峰。走到乌伦古湖附近就是下一个宿营地——驿站旅馆，我们又打算在那里把骆驼换成马，并决定在下一步从出发一直到科布多的那段路程中用马来驮运货物。此时此刻，不管面临什么状况，我们还是想利用最后的两三天好好休息，放松一下身体。毕竟，在迄今为止的旅途中，我的同伴们由于遭受过盗匪的多次袭扰，实在是劳累、困乏到了极点。

　　第八天，作为当时唯一一个入住的商队，我们行进到了一个旅馆。热情迎接我们的店主是俄罗斯人和蒙古人的混血儿，是我们向导的老朋友。这个旅馆包括一栋较大的房屋和一座比它更大的仓房，旅馆的活动区域是用高高的木板墙围起来的，仓房很大，能够容纳多达三百来头骆驼。离这里不太远的地方也有带驿站的旅馆，房间的设计、布置都如同一个模子刻出来的。那里的大多数房间也都是租借给商队使用的，商队人员的数量在一百五十到二百人左右的情况下都能够住得下。如果来客人数超过了能容纳的范围，就只能去带有屋顶的仓房里住宿。紧靠着这座较大房屋的后面有一个小房屋，里面住的是店主及其家人。

　　当看到早已准备好的、供我们下一步旅行使用的马匹，我们都不胜欢喜。在沙漠中赶路，如果马或骆驼不中用的话，不仅可能会出现无法继续旅程的困难局面，有时甚至会导致商队不得不解散。趁着天色尚早，我们把行包重新整理捆包，之后将骆驼换成了马匹，稳妥地做好了下一步旅行的必要的准备工作。这么做的目的无非是为了充分安排好我们这四天的自由休息时间，大家都想利用这段时间好好调整休养，消除身心的疲惫，从劳顿状态中恢复过来，最大程度地放松。

　　大房间里住着的人们尽可能地安排一些活动来让气氛变得愉快，大家也都活跃起来了。在店主亲自给我们烧茶、准备伏特加酒的间隙中，大家渐渐忘记了旅途中的苦劳和辛酸。我们买了新鲜的羊肉、面包和葱，在此能做出一顿丰盛的餐饭，对我们来讲也不是件容易实现的事情。然而，在还没有吃饱肚子的情况下，就有两三个人躺下打起了呼噜，可想而知，在这声几乎使得众人神志麻木的旅行中，大家是多么的辛苦劳累。晚上，店主向大家说明了夜间安保工作的部署情况，然而在听了店主的说明之后，我们反而觉得不安并因此提高了警惕性，虽说是住在旅馆里面，但按照以往的经验来讲，说不定什么时候会发生什么事情。渐渐地，周围安静下来，这一夜竟然过得出奇平静。

第二天早上，暖洋洋的太阳从地平线升起，我们走出去在附近散步。几天来身体恢复良好、已经活蹦乱跳的塔里木正在湖畔进行日光浴，我和确吉陪伴着他，一会儿在湖面划船，一会儿在湖边垂钓，以此来打发时间。就这样又过了一会儿，旅馆已经把饭菜准备好了。这一餐，是平常休息日的饭菜中最丰盛的一餐。蒙古人都是美食家，他们不但喜欢多吃，还要求吃好，并且喜欢在饭后睡觉。店主把另一只羊以优惠价卖给了我们，于是我们将一整只羊放进锅里，为大家做好了全羊料理，而蒙古人把羊肉、米、葡萄酒、干葱等混在一起放进锅里煮成粥，盛好递给了我们。这种粥非常美味、可口，当地人给这种粥起名叫啤拉夫（pilaf），即西洋式热粥。从湖畔归来，已经是午后时分，就餐的准备工作已经差不多了。只见一位年长者正在为大家均分饭菜，而大家围坐在一个大板台子四周，每个人面前都放着一个碟子和一把木匙，据说这两样东西在蒙古人的餐具中因最为贵重而地位神圣。大家酒足饭饱、宾客尽欢，然后就四散开各自休息了。

塔里木、确吉和我像上午一样走到湖畔交谈，分享彼此的旅行经历，发言最多的是曾多次与人共事、阅历无数、经验丰富的确吉，他把如何与草原上的盗匪斗争并因此失去左手的三个指头等经历都讲给我们听了。当时他带领的是一路从乌里雅苏台出发，途经戈壁沙漠去往张家口的商队。这是一个富裕的商队，不过这个商队在途中被贼匪袭击，成员全部悲惨地遇难了。盗贼还活捉了向导确吉，企图以他做人质，以此来勒索高额的赎金。匪徒们将确吉全身埋在沙漠中的沙坑里，只露出头部，并逼迫他给自己的雇主写了封信，请求雇主出赎金来保自己性命。到了晚上，确吉从被监禁的地方偷偷跑了出来，骑上盗贼的马要逃回来。但是，他刚从监禁处跑出来，就被盗贼们发现并迅速追了上来。在他后面紧追不舍的盗贼们开

枪射击，其中一颗子弹将他的三个手指头齐齐切掉。尽管如此，确吉仍旧拼命地跑着，几经波折，终于从盗贼的手中保住了性命。在沙漠中经过了八个昼夜胆战心惊的骑行后，确吉终于幸运地回到了乌里雅苏台。然而，由于他带领的商队全员折损在中途，所以在他的熟人当中再没有人雇他当向导了，之后的几年里，确吉再没有当过商队的向导，后来，还是为了帮助朋友，他才重新选择了一条别的商队线路当起了向导。他介绍说，我们走的这条路正是他最熟悉的一条商队之路。

我们在湖畔坐了一个多小时，听他讲述了很多当向导时的亲身经历。到了傍晚的时候，湖边气温降低，于是我们又回到旅馆的房间，一边喝茶、喝伏特加酒，一边吃一些可口的点心，一边继续了我们的交谈。

第二天吃的是我们抵达那天店主捕来并腌渍了的咸鱼等料理。就这样，我们在旅途中常常有幸能享用到最原始的当地风味料理，并且靠着这些，很好地补充了身体所需的营养。

这一个夜晚也过得平静、舒适。

翌日，我们打算去附近打猎，就与店主的儿子一起骑着骆驼出发了。非常遗憾的是，我们只看见了两三只石鹭和草原上的雕鹰，其他什么猎物都没有搜寻到，于是就悻悻地回来了。结果告诉我们，我们必须改换其他的地方去打猎，因为这附近根本没有什么令人期待的大猎物。这一天也和前一天一样平淡安然地过去了，如今，我们已经做完了出发前的所有准备工作。

5 翻越鄂科特科山脉奔向科布多

　　我们不愿意继续往前走，去翻越那爬也爬不上去的阿尔泰山脉，所以，我们沿着额尔齐斯河河岸向南拐弯，然后必须往东北方向移动。如果沿着北边的线路走，我们要到达科布多就必须横越鄂科特科山脉，从此，我们的旅行又遇到了重重困难。沿着额尔齐斯河岸行进的那一段路程非常顺利，因为那一段路程从路况上来讲，基本上是沙漠或草原地区。之后，我们连续赶路十二天，来到鄂科特科山脉附近的时候，奇岩绝壁、高山险峰已高达三千多米。现如今，加倍注意和警惕是非常有必要的了。我们每一个人走路都像鸭子一般缓慢而谨慎，凭着自己的努力向前行进。为什么这么说呢？因为只有这样走，才能躲避险峻的山峰和绝壁，从而保护好自己。在这样的路段上走路，后面的人根本看不到前面人的影子。举一个极端的例子，就算前面的人遭遇什么意外袭击遇害了，后面的人也根本无从知晓。行走在阿尔泰山脉中，为了防备、应对突发的危险状况，尽快组建战斗堡垒是迫在眉睫的。我们越走越深入山里，道路越来越狭窄，地形也愈发险峻，崎岖陡峭的坡面、羊肠小径阻碍了商队前行的脚步。并且，当我们在山中走到第八天的时候，突然全体商队成员都止步不前了，原来小径延伸的终点已是悬崖绝壁，往前没有了出路。这是由于确吉迷失方向以至于选择了错误的前进方向的缘故。矗立在我们面前的是一块光秃秃的、高高耸立的岩石，它的上面垂挂着一个宽度大约在三十至四十米的瀑布，不时地还传来瀑布湍急水流飞落而下的巨响。走到近处观看，瀑布飞落的深潭下面只能闻其声而难测其底。究其原因，或许是因为瀑布飞落之处过于幽深且晦暗吧。根据眼前的情况，现在我们必须改变方向往回走大约十五俄里的路程，回到来时的路。然而，要在这随处都是险峰峭崖，只有三

蒙古西伯利亚

踏破记

米宽的山路上往回走十五俄里路程，谈何容易？在慎之又慎地缓缓行动之后，商队顺利调转了方向。在这样的山路上，只要踩空一脚，驮着货物的马匹就会翻身掉进深渊里。现在时间还比较早，没必要在这危机四伏的山路上宿营过夜。经过很长一段时间的紧张调整之后，队伍渐渐能移动了。不幸的是，接近傍晚时分，天气骤然变色——当然，这种天气在这山脉中是不足为奇的——方才还没有一丝云彩的晴空，转眼间就阴云密布，天色越来越昏暗，甚至到了只能勉强看清眼前手指的地步。大自然以其惊人的威力让天气变得越来越险恶、可怕，据说这里的气候一年四季皆是如此善变。于是，为了找寻能够供人和马过夜的地方，我们决定停止赶路。我们在狭窄的小径边缘搭起帐篷，把马拴在悬崖峭壁旁边背风的地方。密布的阴云层层压下，眼看一场暴风雨就要袭来，这恰是最为凄惨的时刻。确吉断定这密集的乌云很快就会散去，但是他想错了。乌云密布之后不大一会儿工夫就刮起了狂风，接着还下起了大雨，夹杂着霰一并落下。受突降的大雨影响，我们都从淋透的帐篷里走出去，只好在外面等待天亮了。另外，为了抵御与暴风雨一并袭来的寒冷空气，在最后一段时间里我们点燃了火堆。这种狂风伴随着气温剧烈变化的现象在蒙古的山脉中并不稀奇。

身体逐渐痊愈，可以说已经基本恢复健康的塔里木，再一次为我个人的健康而花费心思了。其实，我早就劝诫过他，不要只考虑我个人的安危，一定要为大家着想。他在帐篷周围拾起所有能用的东西，开动脑筋，终于支撑起帐篷一侧，基本把风和雨隔绝在外面。我们的伙伴们也都聚集到火堆旁休息、放松，为了明天的行走而养精蓄锐，做好准备。

雨不停歇地下了一整晚。渐渐地，天亮了，我们迎来了第二天的早晨。虽然我们全身还是湿漉漉的，但也不得不做好出发的准备了。就这样，利用一整个上午的时间，我们走回了昨天开始走错路的那个十字路口。也是在这里，确吉来到我的身边，给我讲了一些事，他还一再强调今后不会再有类似迷路的事情发生。他与我之间存在着一种深厚的友谊，他对我说了那么多的事情，表现出了对作为一个欧洲人的我的尊重。为什么这么说呢？因为像他们这样的人，平常在这里面对一般的欧洲人时，是极其不爱说话的，只有在各方面都完全信任他们的人，才会在各种环境和状况面前都完全依赖他们。这样，在斗争中，在危险逼近的场合下，他们才能够为自己所尊重的人不惜一切，甚至可以奉献生命。他们时刻都做着这样的准备。这一天，我们打算通过延长赶路时间来弥补昨天因走错路而耽误的时间，但遗憾的是，我们的这个计划最终没能实现。

这天晚上没有任何突发状况，总算平静度过了。我们计划第二天越过鄂科特科山脉的最高峰，到达山的另一边。这一次我们的计划没有纰漏，途中也没有突发事件发生，一切都以本该有的节奏有条不紊地进行着。然而，道路还是越来越难走了，到处都是大块岩石，阻碍着我们行进。为了继续赶路，我们只好先把横亘在路上的石头搬走，开辟出一条道路，才能继续行进。可是，在之后的道路上竟然开始出现棱角尖锐的石块，害得我们几乎所有的马匹都伤了腿。

第二天，我们爬到了荒凉山脉的最高点，那已经是海拔三千两百米的高原地带了。从这里继续走下山，就渐渐进入了蒙古的内地。

距离科布多还有大约十天的路程，所以，我们必须在半路上休息几天。而且马走山路时伤到了腿，行走时都一瘸一拐的，继续赶路也有一定的困难。为此，我们在海拔一千五百米左右的高地上选定了一片合适的地方休息了二十四小时。这是一个被岩石围起来的好地方，也是山脉中的高原牧场区域。在这一带，春天已经临近，青草的嫩芽已经钻出来了。地形平坦，且土壤属于黏土性质，松软而肥沃。因此，在这二十四小时当中，我们的马匹得到了很好的休养和恢复。我们像往常一样安排了警戒、放哨人员，又在帐篷前燃起篝火，吃饱喝足、饮过茶后，大家都躺下休息了。其后，再没有遇到任何阻碍，我们顺利到达了科布多。而且，在科布多我们又必须把马换成骆驼。

在赶路的第十天的下午，海拔一千三百米的高地上存在着的一个稀有的小城镇映入我们的眼帘，而且还是以市区的形象出现在我们面前，这是大家始料未及的。而这里以前所能见到的木造小屋都不见了，取而代之的是在小片森林或山峡之间星星点点分散着的牧民小毡房。自古以来市区内的房屋都是一层的小建筑，普普通通地并列在一起，一下雨街道（不能不说是街道吧）上就积水，导致没法走路。山坡上遍地都是羊群，那羊群就是居民的财富。科布多的气候是冬季极度寒冷，夏季酷暑干热，这是因为夏季时太阳几乎直射地面，使得周围山上吹来的凉风也惧而后退的缘故。

蒙古西伯利亚踏破记

大多数居民都是通过喇嘛教学习佛经的教徒。

市里的商队旅馆是这里最大的公共场所。我们到达的时候天色已经很晚，市民们为了与刚刚抵达的商队人员见面、交流，陆陆续续都过来了。商队的到来，对于一直在这个城市里过着单调生活的市民们来说，是一件大事情。

马匹很快被牵到了棚圈里。确吉最了解应该怎么做、去哪里能找到最好的住处，也知道服务条件最好的地方。不管到哪里，我们都能受到热烈欢迎，市民们都想通过接待我们来挣点儿钱。最后，我们终于在经历了寒冷野外露天休息几个晚上之后找到了合适的住处。

一天，科布多的长老邀请我和确吉去他家赴宴。这是一位非常有能力且身份、地位显赫的长老，我们不好推辞，否则以后遇到麻烦事就不太好处理了。因此我没多作扭捏之态就同意赴宴，但是确吉却以想出去逛逛为由谢绝了邀请。结果，傍晚六点左右，两名全副武装的士兵来到了我所住的地方，并以命令性的语气要求我跟随他们去赴宴。我从屋里走出去一看，院子里居然还有一抬轿子，我感到十分惊讶。一同前来的还有近卫军模样的人。我刚进轿子里坐好，就听见抬轿子的轿夫之间发生了争执，双方经过一阵你来我往的喊叫、争吵，终于还是起轿行动了。轿子在两名士兵的护卫下走街串巷，经过了几个街道之后，到达了市区的另一端，停在了一座雕梁画栋、宏伟气派、金碧辉煌的建筑物前面。单看这个建筑物的外观，与其说它是本市长老的住宅，莫不如将它形容为一座佛教禅院更贴切一些。住宅门前站着很多佣人，手里都拿着黄色绸缎质地的哈达来迎接我们。我刚到里面，就出来一位市长副官模样的人与我礼貌寒暄，并把我迎进了旁边的一间大客厅里。客厅里只铺着一张大地毯，还放着一把两条腿的长条椅子。

我刚一落座，佣人马上过来为我备好了茶壶和茶叶，又在我面前摆了一小坛子伏特加酒、装着干果之类的器皿，之后便走了出去。副官将我让到椅子上，拿出烟递给我，然后大声跟我说了很多。可是，我只听懂了他所说的一半左右的内容，这是因为我还没有掌握好与他们沟通交流的语言，因此我对他只使用了"yes""no"之类的简单词语来表示应答。与我这样子交流，他也是很累，从他脸上看得出来兴趣缺乏的样子。过了一会儿，副官说了些应酬话就从客厅走了出去。

随后不久，司令官带着两个秘书走了进来。他高高举起双手，然后弯下腰，算是做了见面礼，出于礼节，我也以同样的动作向他展示了见面的礼仪。他以非常简练的俄语和我谈了话，我们之间畅所欲言、无所拘束。兼任寺院长老职位的这位司令官，身着僧侣穿的色彩鲜艳的绸缎衣服，脚踏毡靴子，头上戴着小尖顶的帽子。他的这一身装扮，与中国过去的低级官员的官服很是相似，不过这种服饰在蒙古境内的其他地区也很常见。在谈话中，他问及我从哪里来，又要到哪里去，还很有诚意地提出可以在必要的时候为我们提供帮助等等。不过，他所说的帮助显得有些可疑，感觉很不可靠的样子，我想，与其请求他的帮助，倒不如依靠自己更好一些。

我们喝完两三杯茶后，他拍手示意发出了一个信号。于是，身着轻薄的绢丝舞服的蒙古舞女鱼贯而入，并跳起了蒙古宫廷舞蹈，舞蹈动作是舞女们排成圆圈然后反复绕几圈。舞蹈结束后，主人又拍了一下手，于是舞女们又鱼贯而出，消失在隔壁房间，只留下了一阵清脆的笑声。

我的招待者一杯接一杯地喝起了伏特加酒，喝完一坛子酒后，又在桌子上放好未打开的另一坛。不仅如此，看那阵势，似乎是摆出了想把我领到酒窖去参观一下的样子。他是想让我知道，在蒙古内地穷乡僻壤的地区，也能过上富裕的好日子。然而，他所想的这一切，就我个人来讲，根本没有什么兴趣，我根本没有把他的那些话放在心上。这样，我们约定好了第二日的再会，又说了几句客套话，我就向司令官提出告辞了。

夜很深了，思及还能再好好睡个觉，我非常开心。等我回到旅馆的时候，大家都已经睡着了，不一会儿，我也渐渐进入了梦乡，思虑全无地一觉睡到翌日早上的晚些时候才醒过来。

经过了充足的睡眠和休息，我醒来时顿感浑身舒爽，之前的疲惫感早已不见了踪影。在纯俄罗斯式的澡堂泡过澡之后，我更是感觉自己就像获得了新生一样。我的早餐是面包、茶水以及当地人普遍食用的一种砂糖蜜，早餐后去街上随便走了走看了看，逛了一些地方。第二天，我让塔里木休息了，他近几天非常辛苦、劳累，我想让他好好休息一天。我去露天市场转悠了一下，今天，面向街道的一侧正常营业。所谓的店铺，都是在各种各样的木造房屋内设置货架摆摊售货，但是只有面向街道的一侧正常

营业。市场里卖什么的都有，皮、毛制品种类繁多，价格也非常实惠；而皮制长筒靴子、枪支弹药、小手枪等，则既有好的也有劣质的，而且这些东西都很贵；雕刻工艺品、纪念品之类的商品也是品种多样、花样各异；偶尔还能见到成吉思汗时代的佛陀雕像等等。我买了几个科布多当地产的纪念品，这些东西看起来就像是蒙古的喇嘛僧院出产的商品一样，对我来讲是很有价值的，对于那些出售者来说，可能什么价值也没有。

我在市场的一个角落里发现了正在和一个商人交涉小手枪价格的塔里木。我走过去靠近他，试图帮他商谈价格。商人很明显是想欺骗塔里木，他拿出了一把价值五元左右的小手枪给塔里木看，然后要以五倍的价格，即二十五元卖给塔里木，并要求塔里木马上付款。我提醒塔里木告诉商贩，要是以原来价格的四分之一卖的话才买，否则免谈。如此这般反复商谈，商贩终于以原来的一半左右价格把枪卖给了塔里木，然后我俩一起回到了商队旅馆。

吃完午饭后我们打算去僧院拜访。这里的僧院里面通常装潢精细华美，也是缘于有价值很高的东西留存。为了拜谒佛像，我们在获得了管理人员的许可之后走进了佛堂。当然，是给了在现场工作的喇嘛僧人一定数额的善款之后才得到了准许。为了不弄脏这神圣的地方，僧院规定必须脱鞋入内。僧院内部的设计整体上给人一种昏暗、神秘的感觉，两盏发着微弱光亮的小灯放在站立的佛陀脚下，如此一来，灯光就照射在佛像上面。除了这尊主像以外，还有许多有着奇趣形状的装饰和奇特发型的佛像。目光触及这座佛堂中燃着佛香的区域，又给人一种阴沉不安的感觉。一位喇嘛僧人在向我们打过招呼之后，给我倒了一杯茶水，还给我讲述了为佛奉献的习惯，佛陀赞歌的节奏、旋律以及佛教涅槃寂灭的道理等等。这位喇嘛僧人能用俄语非常流畅地讲述，所以，听他说俄语是一件让人感到愉快的事情。我们这样坐着大约交谈了一个钟头，然后我们意犹未尽地与他告别，回到了旅馆。

第二天是星期日，我们打算去参加在市场上举行的佛事庙会。按预定时间，科布多的全体市民聚集到庙会场地后，只见有两三名喇嘛出场，然后庙会仪式就开始了。这里的市民庙会主要仪式是祈祷、跪地行礼拜、全体诵经等等，大约要进行若干个小时。聚集到这里的人们，在这样的场面里，按照蒙古屈膝跪地的方式表达自己对佛陀的皈依和崇拜之意。在这里，为了表达对佛陀的虔诚敬意，聚集起来的人们不顾尘埃污物，躺、卧在地上休息，即使是冬季室外的雪地上也不以为然。即使在石头上也无所谓，也能不顾一切地安心睡眠。不过，自古以来一直以原始方式生活在这里的人们的生活习惯最近也开始发生着变化。但总的来说，蒙古人一直保持着禁欲、克己的平静与和谐。

每年春季，这里会举行白猿祭的庙会。庙会举行期间，不仅仅是市区内的居民，市区外近郊的人们也都聚集到这里。人们头戴着仿照动物形象的彩色面具，全体蒙古人以此庆祝庙会。狂欢的人们头戴面具，在主要街道和中心广场进行游行活动，其间穿插着年轻人表演的奇妙而逗乐的戏剧等等。有时，面具会做得特别夸张。比如庙会上会展示一种白猴面具，是由二十乃至三十多人一起做出，然后由这些人共同表演，有的面具长达二

白 猿 祭

蒙古西伯利亚

踏破记

查玛庙会的面具——表现传说中雄鹰的形象

十米左右。大家一起将大得惊人的猴子头像面具扛起来时，可以看到头像的面部表情十分恐怖、瘆人。众人抬起它，一边向市民示威般地展示，一边走街串巷。有趣的是，面具可比戴面具的人头大得多了。白猴子庙会原来是在野外举行的庙会，所谓的白猴子也是属于外来神中的一员。但是，这是善良的神，属于福神的一种，所以，以此为依托，得以吸引来所有的佛教信奉者们参加这场集会。庙会举行的这一天，全市大街小巷都是人潮涌动、拥挤非常，而我们参加这个庙会的主要目的不过是想看看庙会的游行队伍而已。我们利用剩余的时间为今后的旅行做了一些准备工作，我还把这次参加庙会活动的亲身体验，即所见、所闻、所思、所感忠实地记录了下来。我想，下周的周一或周二，我们就将要离开这座美丽的高原小城——科布多，启程去往下一站了。

在此期间，又举行了查玛庙会。这种庙会多在市郊举行，主要内容是赞颂佛陀和妇女。为此，作为对佛陀的虔诚，要一边唱佛教歌曲，一边踩在卧地的妇女身上慢慢行走。这种行走动作代表的含义是——佛陀为了拯救多苦多难的妇女，已经走近了她们身边。据说能被允许参加这样的仪式，并有资格伏卧在地让人们踩在其身上行走，是一种最高的荣誉。

通过参观，我确实深深地感受到了，这是一个非常奇特的、尊贵的民族习俗与传统。之所以这么说，是因为从外国人的角度来讲，能够亲身参加、体验如此神圣的庙会活动，本身就是相当难得的事情。庙会从早上开始，在傍晚临近天黑的时候结束，接着就在僧院附近的街上开始举行大型的招待宴会。渐渐地，我对这个遥远的国度里奇妙的习惯、特别的风俗感到惊奇，进而产生了浓厚的兴趣。生活在这个国家里的人们于我而言是一个个未解之谜。

当地人认为科布多是能泡温泉治病的地方，并以此为目的加以利用。此地几乎是以温泉享誉整个蒙古地区，蒙古人为了通过泡温泉而治病、疗养，都从遥远的四面八方慕名而来。然而，这里温泉的设施之原始、简陋也是让人措手不及的，唯一具有的设备不过是在从地下喷涌出来的天然温泉水上面搭起一个简陋的帐篷。四周群山环绕，石块群就耸立在眼前，来泡温泉的人们为了避免将身体裸露在外，都自备了帐篷等设备以及其他用具。在温泉周围随处可见的大块岩石上，许多病人或躺或卧或坐，以岩石

蒙古西伯利亚

踏破记

正在祈祷的僧侣

偏僻山村的妇女们

的温度和热量灼热身体，他们在达到保健治疗目的的同时，也是在消磨时间等待着轮流入浴。一旦轮到自己，他们就爬进帐篷里，一伙人同时洗浴、泡温泉。这个温泉治病的效果果真不错，它的名声甚至可以追溯到好几百年以前，有着悠久的历史。

推动蒙古文化更加开放，使得这个地区的资源得到进一步开发后，科布多将有可能以其得天独厚的资源储备、优越便利的地理位置成为世界范围内数一数二的温泉城市。这里的温泉，也具备着成为世界著名温泉胜地的一切应有的条件和特质。此外，就这个地区丰富的资源储藏条件来讲，也已经构成了兴办工业的基本要素。若依此发展下去，不出几年，不仅仅是科布多及其周边地区，甚至整个蒙古地区都将被引入全新的发展阶段。要是果真如此的话，我们这些商旅也就不会时时面临中途被马贼袭击的危险，自然就没有必要担惊受怕了。

实际却不是那么回事。这里的情况仍旧与过去一模一样，丁点变化都

蒙古西伯利亚踏破记

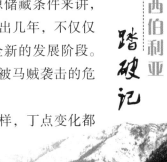

没有，而且在今后相当长的一段时期内仍将依然如故，即大半个蒙古地区仍然以连探查也不进行的原始的状态存续，存在于地球上的这个角落，离被开发的时间还相当遥远！大概还得历经几百年才行吧！

在科布多时，确吉从他的上级那里接到了新的指示，要求他继续做向导，并将商队带领到买卖城——阿拉坦布拉格以及恰克图。这对我来说也是一件非常愉悦的事情，这样一来，我下一步的旅行就不用独自一人继续赶路了。

出发的日期渐渐临近，出发前的准备工作也已经到位，帮助商队做出发准备工作的确吉又能和我们在一起了。于是，我们俩利用最后的时间筹备实施了一次针对科布多城内外的探查旅行，他带着我游览并引领我看到了许多不曾见过的或珍奇或美丽的风物。

塔里木的身体也日趋好转，逐步恢复了健康，能够接受并且完成属于他自己的工作了。只是在面对有一定难度的任务时，他的伤口还是会隐隐作痛，旧疾复发，给他带来一些麻烦。于是，我做主为他免去了一些棘手的事情，这样，他的伤口基本上痊愈了。我曾想过，如果他不是这样健康又要强的人，如果他的内脏器官没有那么结实、强劲，那么，在蒙古遭遇了那么多艰辛和磨难，他肯定是早已死去了吧。

我们的队伍在刚开始的基础上又增加了八名伙伴，这样一来，我们这个商队在人数上再次达到了完全的饱和状态。总体来讲，我们现在一共拥有四十五头骆驼，还带着两三只猎狗，确吉被任命为新组建的商队向导，他还给各位成员分发了全新的准确的旅行路线图。预计我们将先走普通的商队路线，赶到乌里雅苏台，然后横穿杭爱山脉的荒漠无人区，再奔向买卖城——阿拉坦布拉格，并在那里结束我们的旅行。

在这里停留的最后一个夜晚，确吉、塔里木和我三个人，还有其他的向导等，都是在商队旅馆里一起度过的。我们在合适的时间各自好好休息了。在经过了十天的休整之后，第二天早晨，我们从得到过无微不至的关照的科布多启程，向着新的危险和新的劳苦，开始进发！

6 在大商队路上

确吉、塔里木和我三人走在商队前头。我们路过小镇边缘上的喇嘛僧院的时候，还是拂晓前的天色，漆黑一片，随着渐渐走远，僧院的建筑也渐渐消失在黎明前的雾霭之中。我们沿着商路上的乌里雅苏台街道徐徐前行，虽然已是春暖时节，但在这高原地带仍然是天寒地冻。这时的我们朝着南方行进，经过哈尔乌苏湖畔后，进入了平坦的路段。这个湖与吉如噶诺尔湖中间，有我们即将到达的下一个过夜的旅馆。地处蒙古内陆的这个地方本来位于鄂科特科山脉的外侧，然而初次踏入这个地区，就发现人口变得稠密许多，而且原来的小村落几乎已难寻踪迹，取而代之的是逐水草举家迁移过来的蒙古人的游牧小毡包。在哈尔乌苏湖和吉如噶诺尔湖之间广袤的草原上，有许多水清草美、条件绝佳的游牧场地，其优越性是不言而喻的，无数漫步的羊群还有吃草的骆驼都为这里带来了活力。这一带普通居民的生活都非常富裕，与土地极为贫瘠的其他地域相比，这里满是一望无际的丰饶绿地。另外，还有两条山脉的支脉守护着这一带，从而避免受到荒凉、狂暴的阿尔泰山脉特有的恶劣气候的袭击。这里泉水涌动，水源丰沛，灌溉便利，而且这一带还能够种植棉花，当地产的棉花由骆驼商队驮运转销到远方的俄罗斯口岸。

其中，木棉是这里的居民们最大的经济来源，即使是植被稍显繁茂的地方，他们也都种植了棉花。晚秋季节，棉田里都是一米多高的植株，一旦等到植株上的种囊裂开，洁白的棉桃就争相绽开，洁白的棉花就像是空中飞舞的雪花，漫天挥洒，不经意就落了一地。那情景，着实让人叹为观止。木棉树遭遇初霜，饱满的种囊也会裂开，直到露出洁白的棉朵。于是，收棉季节也就拉开了序幕，不论男女老少，棉农们一起投入紧张的摘

蒙古西伯利亚

踏破记

棉秋收劳动中。其中，皮棉经过棉农甄选、打包后压缩，由骆驼驮运到最近的市场售卖。在此，棉花被用来交换必要的生产资料以及生活用品。木棉在阿尔泰山脉所庇护的地方、在大家几乎都认为难以种植的土地上都能生长，因此，人们甚至还可以有不错的收获。众所周知，这一带是大陆性气候的地区，因而夏天极其炎热，一般情况下会认为种植棉花对土地的要求条件不高，但为了成熟或者丰收，对热量、湿度的要求还是比较高的。

在这一居住带中，不是什么地方都有寺院和喇嘛的，寺院多建在人烟稀少、偏僻寂静的深山峡谷里。蒙古人一般利用祭日去寺院巡礼、参拜，寺院也趁着这样的时机举行各种庙会和法事活动。在庙会上，将举办极为庄严、华丽的法事活动，而附近的蒙古人会断炊一天，聚集在一处一动不动地向佛陀膜拜、祈祷。喇嘛僧所传的佛教甚是隐晦神秘，甚至就欧洲人而言，根本无法理解其祈祷的要义所在，需以托钵僧模样的装束在当地游走，到寺庙附近乞讨，大收集布施之后才能被允许参加祈祷活动。出入森严的僧院大门，这本身就不是谁都能轻易做到的事情。

这座寺庙居于深山中，在有意的严格监视下，几乎处于与外界隔绝的状态，外来者也几乎无法出入寺庙，以此在自己国家的民众心目中树立和维持佛教的神秘和庄严，连专职的蒙古僧侣中也屡有不能体会、理解戒律的喇嘛存在。这样的寺院生活极其原始、简陋，出家喇嘛身上穿的几乎都是木棉粗布或用羊毛编织的衣物，祈祷喇嘛穿的也都是诸如此类的原始材料制成的衣物。寺院里其他喇嘛什么活儿都干，而祈祷喇嘛则专职祈祷，不务其他。

喇嘛们深夜两点钟起床，走出寝室去往祈祷的场所。他们静静地在那里聚集，祈祷一个钟头左右的时间，然后，返回寝室诵经或做早课直到早晨六点钟。从早晨六点开始祈祷的喇嘛们又聚到一起祈祷到七点钟，然后进早餐，早餐只有干的黑面包和一碗汤。八点到十点要做工作，并处理寺庙内的杂物。十点到十二点再次祈祷。祈祷结束后吃午餐，午餐也不过是一些米饭简餐。午餐后喇嘛们会一直工作到傍晚六点。下午六点的时候，大家又聚在一起吃晚餐，主要是面包和汤。然后休息两个小时，从晚上八点到十点做祈祷，之后就一直睡到凌晨两点。

喇嘛们的生活大抵如此。日复一日，年复一年，重复着他们的苦行僧生活，因而，为此献身是需要远远超乎常人的毅力和勇气的。佛陀曾说过："真理存在于纯粹、完全的人们心中。"就这样，喇嘛们的生活严格遵循着清规戒律，他们为了成为纯粹、完全的人而付出绝对的努力。饶是如此，他们还是只有通过轮回转生，才能到达理想境地——涅槃，为此，他们从一开始就为了达到佛陀的要求而奉献出一切心力。

喇嘛僧在蒙古民众心目中是神圣而高尚的存在，他们在社会上是绝对的权威。通过笃信佛教，完全规范了人们精神和物质生活的方方面面。

佛教就是这样一种隐秘的宗教。其实说起来，这个国家的伦理道德、风俗民情也是如此。来来往往的行人过客对这个国家人民的生活曾有过大量的观察，并做了记载，还常常对蒙古人鲜为外人所知的秘密进行调查探究，进而做出记录揭示。然而他们的观察、介绍通通流于表面，只是略知皮毛，并未深入蒙古人生活的核心、深层中去。

只有完全融入居民生活当中，并走访观察一年以上的时间，才能完全理解和把握这里蒙古人的生活和社会活动中的一切奥义。我们欧洲人往往觉得奇怪和难以理解的习俗，对这里的人们来反而是一种崇高的名誉和威严的象征。由于自然环境孤立清寂，再加上佛教的影响，蒙古民众越来越迷信，结果就是容易迷惑，甚至愚昧。因为基本上对本民族都没有所谓的科学认识和了解，面对外来者——其他民族，就更不会有所谓的认识和了解，因而始终处在故步自封的境地。

家庭生活方式因民族、部族不同而有着显著的差别。与在塔塔尔人和吉尔吉斯人当中盛行的、妇女必须绝对服从家长的情况相反，在我们旅行走过的一些地方，常常见到妇女好像作为家族的领导成员支配着一家人的生活。一般来讲，在佛教的教义中，是以家庭生活的种种规范为基准，并不把妇女当作正当的家庭成员。在这座富有民族特色的迷宫中，有的部族似乎仅仅将妇女看作家庭的奴隶。在群山环抱的一些地区，对于男人来说，妇人只是承担一切劳作的会说话的家畜，男人或者上山打猎游玩或者偷懒闲逛到处游荡，终日逍遥自在。而在草原牧区，男人们总是出门在外，妇女要负担一切家务，男人只有在吃饭时才回到家。在孩子们当中，只有长子才享有男儿应有的权利，其他孩子是一个也没有的。当然，如今的蒙古人已经有了一些开化，他们或多或少对外界信息已经有所感知。例

43

蒙古西伯利亚踏破记

如，一些带领商队走过国内各地的蒙古人，尽管带队时间不长，他们对"现代化"概念已具备一定的理解能力。也是在那样的地方，有时才能看到在家庭和亲属之间具有的真正意义上的家长制的家庭生活。

我们离开哈尔乌苏湖，征服了奔向吉如噶诺尔湖的旅途中的一部分路程，在某日傍晚走完一段艰难的旅程之后，来到了这条商路上的吉如噶诺尔湖商队旅馆。在这条由蒙古南部的张家口步行，穿越戈壁沙漠，经由赛伊如乌苏，翻越杭爱山脉的南端到达乌里雅苏台，并由此经过科布多，翻越大阿尔泰山脉后通往塞米巴拉金斯克的千古商队之路上，为了在盗贼、猛兽的袭击中守护商队，每隔两百甚至三百俄里的路段，就设置一个商队旅馆。

吉如噶诺尔湖商队旅馆是我所知道的，也是迄今为止我住过的最大的旅馆。这个旅馆的棚舍里能容纳五百多头家畜，还有能容纳二百多人留宿的房间。这里的一切让人联想到西伯利亚草原上的商队旅馆以及家畜棚舍之类。在西伯利亚草原上的商队旅馆中，来来往往的各民族人员比较繁杂，马、骆驼等的互市交易活动也曾走马灯似的出现过。可是在这蒙古的商队旅馆以及商队之路上，我只看见了蒙古人向导，而且商队使用的家畜也只限于骆驼。尽管如此，在商队旅馆的庭院里也曾看见过人流拥挤、充满活力的场面，有的驮着木棉，有的驮着茶叶和大米，还遇到了驮着烟草、果实之类干货的商队，有的商队甚至还搬运枪支弹药或金银等贵金属硬币。在这商队旅馆的庭院里，商队内部的打架斗殴也屡屡发生，有时仅仅是为了占据好的位置而产生对抗行为。不过旅馆的主人从来都不参与商队内部的纠纷事件，商队内部的争吵、矛盾等等常常是由商队内部自行解决。

为了给骆驼饮水，我们把骆驼牵到了吉如噶诺尔湖湖畔，然后，将骆驼排成圆圈，让它们头朝里卧地休息过夜。因为这里的庭院基本上是封闭式的，我们领着商队成员将其他商队挤到一处，我们在庭院的一端占据了相应比较大的场地。同时，我们也考虑到要照看屋外的骆驼，于是将两三个人安排在外面站岗，随时监视屋外的动静，其他人都在旅馆内休息。店主是蒙古人和俄罗斯人的混血儿，精通俄罗斯语，我们用俄语交流，谈笑风生。店长特意为我们做了烤鱼、黑面包、奶酪、炒圆葱等爽口丰盛的料理，还给我们准备了伏特加酒，我们吃了一顿非常可口又实惠的晚餐。这些都是在戈壁沙漠地区不易获得的稀有的食材。此外，店主还给我们提供了马奶酒，也就是作为饮料的马奶酒。这里的马奶酒由于发酵充分，竟然像香槟酒似的冒着气泡。

马奶酒确实是新鲜甘醇、营养丰富的健身饮料。在旅途中的好多地方，我都曾看见过当地的草原居民们在酿制马奶酒，在蒙古，还有很多以马奶酒闻名遐迩的地方。此外，马奶对治疗结核病还具有明显的疗效。例如在乌兹别克斯坦的塔什干这个地方的附近，就有一所仅用马奶酒来治疗结核病的疗养所。

令人遗憾的是，这里不像我们所希望的那样肃静。寝室里令人害怕、避之不及的虱子和臭虫随处可见，把大家骚扰得根本无法入睡。到了深更半夜，由于实在难以忍受，我将不顾臭虫叮咬、安然进入深度睡眠的塔里木叫醒，我们抱起身上盖的被子到了外面，在我们的骆驼群旁边躺了一会儿，为了御寒，塔里木还给我点燃了一小堆火。这里虽然已是春季，白天温度较高，但是一到了夜晚，气温骤然下降，还是会觉得非常寒冷。清晨，我们早早起来做好准备工作并继续了旅程。为了赶到离这里大约三百俄里远的山脉中的乌里雅苏台，出发时我们备足了途中饮用的水和食用的粮草。要想从这里到达我们预定的目的地，而且还不想走绵延迂回的几千俄里路程，那就必须翻越荒凉、寂寞的杭爱山脉。

第二天，我们必须横渡扎布汗河。这条河发源于杭爱山脉，注入吉尔吉斯湖。它是一条水流湍急、河床较宽的山间河流，河上架着的那座形状怪异的桥能否让驮着行包的四十头骆驼和商队成员们平安走过，这是个问题。走在最前面的确吉把牵着的骆驼委托给别人，独自一人尝试着走了一趟。他从桥上返回后对大家说："这桥能过，没有明显又直接的危险。虽然桥上有很多破损之处，但是让骆驼一头接着一头走过去的话，大概没有不可能办到的事情。"我也觉得我们的细心、谨慎足够了。确吉试着牵起一头骆驼并顺利走过了桥，接着塔里木也走到了对面，第三个人是我，也安然过了桥。可是，我们对于商队成员全体顺利过桥还没有十分的把握，骆驼每走一步，桥板的连接处就会出现因破损而产生的裂痕。

桥下水流奔涌，汹涌的波涛猛烈撞击着由几根细而轻的木桩构成的桥

蒙古西伯利亚

踏破记

柱。我们还是一头接一头地把骆驼牵到了河的对岸。可是，在最初的三头骆驼刚刚走上桥的时候，桥就在骆驼的骚动和叫唤声中突然坍塌了，人和骆驼一下子全部都掉进了奔腾的河水里。一时间，河面上出现了一个难以营救的混乱场面。生来愚钝的骆驼总是以这样的形式前行：后面的骆驼一顾一盼地跟着前头的。在这里过桥时也是如此。跟随在后边的骆驼一个挨一个地前拥后挤，结果便是一个接一个地都掉入了河里。如果剩余的骆驼还不停下步伐的话，真不知道我们的面前还将出现怎样的惨状。对于掉进河里的骆驼和伙伴，我们只能眼睁睁地看着却束手无策，面对危局，根本无力营救他们。所幸的是，我们一个领路的部下在最后的一瞬间朝着从后边拥挤过来的骆驼开了一枪以示威吓，这才终于让骆驼停下了脚步。就这样，避免了更多、更惨烈的悲剧的发生。

目睹着眼前的惨状，我们还是必须尽力去营救掉入河中的骆驼和伙伴。对于我来讲，比起货物，更不能失去的是贵重的骆驼。于是，确吉、塔里木和我将麻绳和其他捆绑用的细绳等连接起来，扔向水中的骆驼。我们试图用绳子套住骆驼的脖子，以便将骆驼引向岸边。所幸河水不算深，逃离了混乱场面的骆驼将头和脖子伸出了水面，在我们的尽力营救下，终于有两头骆驼被引向了河的对岸。然而除此之外，我们什么也没能做到。另一头骆驼在离对岸较近的河水中，以桥梁为界与我分隔两边。

见此惨状，其他人也都忙乎起来，照着我们的做法，想用绳子套住骆驼的脖子然后把骆驼引到河岸上。遗憾的是，我们的两位伙伴终究还是被卷进漩涡中溺水了。但得益于大家的帮助，在较深处溺水的伙伴终于获救了。然后，我们将一根长绳子扔到河的对岸，试着想用绳子把河的两岸连接起来。经过一番波折，我们的努力没有白费，终于成功了。从对岸也扔过来了大量的绳子，就这样，我们用绳子搭建出一根连接两岸的坚固的纽带。于是，我们开始了水中转移的工作。我们的人踩着搭建的绳索，骆驼涉水，大家牵着各自的骆驼走进河水里。终于一个一个地过了河。在山间喧闹的回音中我们忙碌了大半天，在接近黄昏时分时，终于将剩余的骆驼全部聚集到了河的对岸。

如果有可能的话，我们很想烤着火安稳地睡一宿，因为明天我们还要去搬运放在河对岸的货物。烧火用的柴火是足够的，得益于燃起了的大火堆，在河水里泡湿了的骆驼和人们很快都烤热乎了，并储备了足够的热量。在海拔大约一千米高的山里，汹涌澎湃、飞流而下的山间河旁，刺骨的寒冷阵阵袭来。骆驼都已筋疲力尽，很快就在我们为其准备好的第二个火堆旁边排成一列卧地休息了。我们想方设法把随身携带着的帐篷支起来，而后准备在帐篷内过夜。我们在帐篷里把伏特加酒和凉水兑好，装入小瓶分给了大家，这是专门用来御寒防冻的。不一会儿，由于疲劳过度，大家很快齐齐进入了睡梦中。

其实，这一夜，我从未合上眼，直到夜深，我还一直大睁着眼睛难以入眠，看漆黑的夜空下繁星闪耀在天空。近处，河水反复吟唱着那首很是单调的歌曲；远处，不时传来野狼阵阵的吠吼声。柴堆上的火，火堆上的柴，渐渐燃尽了，身边徐徐传来了人和骆驼打呼噜的声音。这是一个好像要有幽灵出现的夜晚，我终于也忍不住打了一个盹儿。半梦半醒中，我隐约看见在将要燃尽的火堆的光影中闪过了一个黑色野兽的身影，梦幻般的难辨真假，只见那个影子直奔我们营地的方向而去。是做梦还是真实？其实，那一瞬间我还没有睡着，至少头脑是清醒的。根据在蒙古漫长旅途中所经历过的种种险情，心中有个声音已经在提示我，不管多么微小的事情，就连影子也必须时刻警惕、留心防备。于是，我把手枪握在手里，站了起来，同时用脚把塔里木碰醒了，塔里木又轻轻地把确吉叫了起来，我们三人悄悄地躲到了树荫下面。面前就是火堆，于是，我们仔细巡视了火堆周围。夜已经深了，这一带静悄悄的，只能听见人和骆驼鼻子发出的呼吸声音。但当听到在商队聚集休息处那边放哨的人的急促的脚步声，我们立刻条件反射似的预感到某种危险似乎已经逼近了我们。一直默默无声、一言不发地守护着骆驼小棚一个角落的确吉突然握紧手枪，傻呆呆地站了起来，并且，在我阻挡之前迅速开了一枪。顿时，就听到一声猛兽的吼叫声传了过来。这声音让我终于彻底地确认了一个大动物的存在。确吉只喊了一声："老虎！"迄今为止，我在商队旅馆附近还未曾见过老虎，这是第一只偷偷地靠近我们住宿地附近的老虎。听见枪声后，原本聚集着的人们也都行动了起来，大家都想知道到底发生了什么事情。后来，当大家都知道是打伤了一只试图靠近我们的老虎之后，就再也没有人睡觉了。

我、确吉和塔里木三人结伴去看了一下疑似老虎被确吉的手枪打伤后倒下的那个地方，然而我们没有发现老虎。不过，在看到鲜血的痕迹之后，我们确定老虎确实中弹受伤，还出了不少血。受伤的老虎肯定已经躲进灌木丛中，这点是毋庸置疑的，可是由于天色仍旧昏暗，导致我们根本无法追踪到它，而且，被别的老虎袭击的危险性也是时刻存在的。所以，在增加了放哨的人数后，我们大家又躺下休息了一会儿，一直睡到了天亮。

当我们醒来的时候，太阳已经高高升起了。营地里的人们活跃了气氛，到处充满着新的希望，唯独难寻塔里木和确吉的身影。于是我去各处打听他俩的情况，但是谁也不肯告诉我。一部分人正忙于从河的对岸搬运自己的货物，我们还打算继续我们的旅程。然而，此时的我越发心系确吉和塔里木的安危，担心他们会碰到什么棘手的问题。后来，我终于下定决心，如果再等一会儿他俩还不回来的话，我就带着两个伙伴去找他们。在等候期间，我一直在我们用绳子连接起来的简易绳索桥旁边工作，指导大家搬运货物和行包。我是想尽早尽快结束这项工作的，临近中午时，对岸残留的货物总算所剩无几了。这样，我们也能继续我们的旅程了。

我们对塔里木、确吉两人失踪这件事情愈发担心了。于是，我带领两位伙伴沿着那片血迹去探寻那只受伤的老虎的行踪。我们穿过了一段相当茂密的灌木丛，我在前面走，两位伙伴在后面跟着。我们用匕首和挎刀砍断密林中的树丛，艰难地打开了一条狭窄的人行道路，从前面出现的痕迹可以断定，确吉和塔里木二人肯定是弯着身子、艰难地走过这里的。我们又清楚地锁定了他们俩走过后留下的脚印和痕迹。我们一边对此进行着各种猜测，一边继续向前行进，不一会儿，我们就走到了一处直径不足三米的小片空地上。我们确切地认定了脚下一处的血迹的确是受伤的老虎留下的。但是，虽然这里有明显的脚步印迹，却没有明确的迹象可以表明人与老虎曾有过交集。加之脚印的走向比较混乱，我们在认定了一些最新的脚印后，决定沿着新的痕迹追踪过去。我们又走入了一片不得不征服的茂密树丛，不过让人惊讶的是，走了不一会儿，竟然发现了已经死亡了的老虎的躯体。这就是半夜里确吉开枪打中的那只老虎？还是他俩在白天的行进途中打死的另一只老虎呢？我们无法断定这究竟属于哪一种情况。

为了引起也许就在附近的确吉和塔里木的注意，我发了四枪，我在向他们告知我们所在的位置。这是有时间间隔的四枪，是我们互相告知有险情的信号。发完枪等了一会儿，我没有得到他们的任何回应。当我得知这一带并没有确吉他们走过的迹象后，便决定停止在密林里的寻找。他们的脚印到死亡的老虎这一带也就消失了，所以继续往前搜寻恐怕也没有什么意义。我们没有锁定任何目标，只得开始往回走。当我们路过前面提到的一小片空地后，又在附近徘徊找寻了大约两个小时，然后才回到了我们住宿的地方，非常遗憾的是，此时确吉和塔里木还没有回来。

虽然出发前的准备工作已经面面俱到，但是不用说也知道，我们必须推后时间，延期出发。因此，我指示我们中一半的人去做剩余的还未做完的一些工作，又召集起另一半的人，给他们安排了两三个人做向导，一齐去附近的森林里，按一定的顺序排查、寻找塔里木他们，我还给大家明确安排了搜寻的顺序。离天黑还有将近三个钟头的时间，为了寻找或者说营救去向不明的朋友们（万一他们不幸受重伤晕倒在树林中的话，我也有可能及时救助他们），我再一次参与了搜寻工作，同时我在思考，在必要的情况下营救他们俩时应采取的相应对策和手段。我们在密林环抱的山里搜寻了一个多钟头，搜索队分成许多组，向着各个方向分散行动。突然，随着风声呼啸而过，似乎从遥远的地方传来了微弱的故意发出的枪声。在群山环抱的密林中，正确地判断它来自何方是极其困难的。这种体验，我已经有过两三次了。为了不浪费宝贵的时间，我很详细、谨慎地询问了我的向导。在确定了大概的方向之后，我们朝着去向不明的两人可能存在的方向，选择了最便捷的路径开始靠近。尽管如此，我们还是搞错过方向，将近天黑的时候，我们终于靠近了疑似开枪发信号的那个地方。过了一会儿，我们又穿过一片漆黑的森林，总算看见并确认了一处地方有火苗在跃动；在更近一些的地方，我们又听到了有人说话的声音。我们匆匆忙忙地跑过去，发现了已经负重伤倒在地上的塔里木和确吉。先跑过去围在周围的同伴们给我让出了地方，我检查了他们俩的身体，确认确吉因为与猛兽搏斗，肩部受了重创，早已失去了战斗力；而前几天刚刚受过伤的塔里木的手腕和脚部也再次挂彩，虽然这次的伤看似不是那么严重，但因旧伤复发，对他来说打击也是很大的。幸而，我预先将两位伙伴派往住处，让他们先做好迎接两位伤者的准备工作，我们几个人用树条、木棒做成了简易

蒙古西伯利亚

踏破记

担架，让两位负伤者躺在担架上，把他们抬回了住处。路上，我们用点燃的松脂做成火把来照明。归程中，我们很快以老练的猎人的思维方式做出判断：他们俩不是单纯地遇到猛兽，进而在与猛兽搏斗的过程中倒下的；猛兽因为突如其来的危险逼近也是进行过奋力抗争、以求逃命的。若不是这样的话，后果将不堪设想，甚至我们还能找到活着的确吉、塔里木，这样的可能性也是不大的。

　　经过将近一个钟头的急速行走，我们终于回到了住处。

7 艰苦的旅行

在我们大家的宿营地，很快传开了两位诚实、善良的伙伴负伤的消息。在我们回到住处的时候，伙伴们以一种难以言表的寂静和沉默迎接了我们。我尽力试着给两位受伤者清洗了伤口并包扎好绷带，而确吉和塔里木依然像死人似的躺在床上一动不动。为了唤醒他们俩，我做了种种努力，但是，我们做的一切都白费了，深度的呼吸中断时刻纠缠着他们俩。我们把御寒保暖的被子、毛皮等盖在他们俩身上，并把他们俩安排在靠近火的暖和地方睡觉。为了能够及时观察他们的情况，并给予及时的、必要的救助，我就挨在他们俩身边睡着了。

到了第二天早晨，确吉睁开了眼睛。他似乎觉得很奇怪，环视了一下周围，大声哀叹了两三声，很明显，他正忍受着巨大的疼痛。他还不知道自己现在所在的位置，问我："老虎哪去了？"毫无疑问，他和塔里木两人和老虎进行了一场大搏斗。在向导的帮助下，我在确吉的肩膀上又包扎了一个起压低作用的绷带，使他感到略微舒服了些，从而使他又进入了睡眠状态。从塔里木的状态来看，依然是没有任何恢复的迹象，他依然一动不动地躺在地上，好像失去了知觉似的。这一路走来，我们一行面临着无数的险情。首先我们失去了好几头今后的旅行中必需的骆驼，而目前，我们的两位向导又身负重伤卧床不起，面临着死亡的危险。因为这里根本没有治愈他们的药物，因此我们必须想尽一切办法尽早赶到下一个商队旅馆所在地，即距这里大约二百五十俄里远的乌里雅苏台。我派遣两名队员骑上走得最快的骆驼赶奔乌里雅苏台，捎去了我的救援和增员要求。我想，如果这期间确吉和塔里木的伤情开始好转，能和商队一起继续赶路的话，那么慢慢赶路也是无可厚非的。据我估计，如果顺利的话，派往乌里雅苏台

51

蒙古西伯利亚

踏破记

的向导十至十二天内能返回来，那么在派去的向导回来之前，与其坚守在这河边的宿营地，还不如缓缓地向前行进为好。

但是，我还是下决心留在这河边的宿营地等待。确吉苏醒了。并且，虽然是微乎其微的好转，但至少开始有了一点点的恢复。他渐渐从呼吸时而中断的深度昏睡中恢复过来，伤口的疼痛也感觉减轻了不少。其实他俩与老虎格斗时负的伤不是那么严重。他们两人都有所好转后，我把宿营地移动到了离河边稍远的一个高处的森林中，这是为了防备强盗的突袭而选择的隐蔽处。

到目前为止，我从他们两人的讲述中了解了一些他们与老虎搏斗的过程。一大早，他们俩跟踪受伤的老虎的血迹和脚印进入了密林中，却在不经意中越走越深。他们一会儿寻找受伤老虎的血迹，一会儿跟踪别的老虎的脚印，有时跟踪新的脚印，有时寻找旧的痕迹，也追踪过没有受过伤的老虎的脚印。他们为狩猎而着迷，终于在追踪一只老虎的脚印时失去了路径，并迷失了方向。他们俩在密林中转来转去，就像走入了迷宫而不知所措。就在那时，身边突然传来老虎凶猛的吼叫声和吞吐唾液的激烈的声音，他们还没来得及握起枪杆，就被两只老虎袭击了。一只老虎首先向确吉身上飞扑过来，紧紧咬住了他的肩膀，塔里木快步过去救助确吉，用匕首对着扑过来的老虎捅了两刀。受伤的老虎虽然逃开了，但他自己也受了伤。这时确吉觉得应该去救援塔里木，而塔里木也把注意力集中在确吉身上。就这样，他们在与野兽相斗的同时还互相关心着，增强了与老虎搏斗的勇气和智慧。那两只野兽凶猛地盯着两个负伤的人把守的一片小空地，又逼到了他们的附近。恰好此时塔里木开枪打中了一只老虎，这样，负伤的老虎与另一只老虎吓得飞奔而逃。这对确吉他们俩来说却是非常难得的机会。

由于受伤导致出血过多，他俩全身都瘫软了。因为塔里木没有及早加以注意并采取止血的措施，使得两人都陷入了深度呼吸中断的危险境地。就在这样的非常时刻，我们发现了他俩。

我和确吉交谈了一下，商量了以下问题：我们是在森林的边缘搭起帐篷继续生活呢，还是冒着危险想方设法赶到乌里雅苏台？最后我们商定，还是在这森林边缘上搭起的帐篷里继续住上几天，等待从乌里雅苏台派来的救援人员和两头骑乘用的骆驼。

我们找到两名负伤者后的第三天，由于我们的不留神，发生了一起独特的突发事件。一位向导将四头骆驼用一根绳子串起来拴在了一起，结果夜里突降大雨。骆驼这种动物在下雨天总是喜欢顶着风站立，因此，四头骆驼在站立时被细绳子缠住了脖子，而且越挣扎缠得越紧。我们听到骆驼激烈、异常的呼吸声后才觉得好像发生了什么怪事，当我们急急忙忙跑出去时，只有两头骆驼还在正常呼吸，另外两头骆驼已经被绳子勒住脖子停止了呼吸。这样，对于今后的旅行，需要我们操心的事更多了。说实在的，一路走到这里，我们已经蒙受了巨大的损失。确吉由于伤口化脓，已经不能站立和走路了，所以他把指挥大家的工作委托给了我。我们的团队现在处于比较混乱的状态，因此我把大家召集到一起，下了几道严格的指令。从这一夜开始，晚上放哨的人数比以往增多了，我还要求每个放哨的人必须认真巡视自己管辖的范围，不得有一点闪失。

我把唯一绝对信任的一个人——塔里木委任为我的代理人。这样，他在自己的身体还没有完全恢复的情况下，全心全力地辅助我。夜晚静静地过去了，我们又迎来了崭新的一天。可是到了傍晚，天空又布满阴沉沉的乌云，而且，远方出现了降雨的前兆——电闪雷鸣。根据我的旅行经验，我还抱着天气一定会宽慰我们的希望，可是到了早晨的时候，不但刮起了风，大雨也越来越临近我们了。远处的闪电和雷鸣毫不间断，那耀眼的闪电好像将天地连接起来，那轰隆的雷鸣声响彻山谷，震耳欲聋。阵阵来势凶猛的风刮起后，雨也下起来了。我觉得我们的宿营地面临着危险。因为我们的营地离河太近，地势较低，一旦下暴雨导致洪水下来，肯定会把我们一扫而光。我在和塔里木商量后做了决定，将营地挪到地势高一些的地方，以防洪水袭击。然后，我就领着大家将营地移到了离原地大约两俄里远的地势较高的山里的安全地方。挪到新地方我们就彻底安心了，在这里，我们能静等暴风雨过去了。

老天爷好像就是在等待着我们搬迁结束，我们的搬迁工作刚刚进行完，暴风雨从天而降了。仿佛是要将高山地区天气特有的全部力量都使出来似的，凶猛地向我们袭来。空中雷鸣电闪接连不断，高山地区的回声将音量放大了足有三倍。暴风雨的狂嚣声中，人们的说话声音一点都听不见

蒙古西伯利亚

踏破记

了。猛烈的暴风雨和电闪雷鸣好像要将所有的山体都震碎，要将这个世界全部卷走一样咆哮着、怒吼着，一时间，大量的雨水倾泄下来。在黎明时分昏暗的视线中，我们看到原来的营地附近都淹没在水底了。雨水不仅造成洪水泛滥，而且使架着破桥的河水也猛涨、泛滥，变得更加狂暴、凶猛了。假如我们在原地再等一个小时的话，毫无疑问，人和骆驼被淹死，并且被洪水冲走都是毋庸置疑的。幸好现在的这个新营地有挡风遮雨的靠山，能在狂风暴雨中呵护我们；另一方面，因为这里地势较高，无论水量怎么增加都淹不到这个地方。这样的暴风雨有时会在山区里持续一昼夜，还经常在山谷间巡回似的刮来刮去，好像特意去袭击那些没有任何防备的只能被暴风雨任意欺凌的商队或旅行者。不过，也有一二个小时后就停下来的暴风雨，我们遇到的这场暴风雨临近正午时基本上就停止了。

第二天基本上没有发生什么突发事件就过去了。我们的唯一的心事就是等待派出去的人们返回来救援我们。派去的队员牵着十来头骆驼、领着十位新人从乌里雅苏台出发到达我们营地的时间是第十四天的下午，我已经等待他们好久了。他们姗姗来迟的主要原因还是途中遇上暴雨而受阻了。根据情况，我们无法当天就启程前往乌里雅苏台，因此我们做好了带着伤者和疲惫的伙伴们明天尽量早一点启程的一切准备工作。因为对新来者的情况不太了解，所以增加了人员，加强了夜晚的监视、警卫工作，以免发生不愉快的突发事件。夜深人静的时候，一些新来的、冒牌的救援人员偷偷把部分货物或骆驼偷走的事也是屡屡发生的，他们往往与黑市上的人、偷渡者、走私者有密切的联系，有时还把那些不法盗贼藏在山里，自己出来冒充救援者，给商队带来毁灭性的打击或损失。幸好，这一晚平静地过去了。黎明时分，在天刚亮的同时，我们启程赶路了。我们很想到乌里雅苏台后休息八天的时间，所以计划用八天或者九天的时间必须赶到乌里雅苏台。我们计划从乌里雅苏台再翻越杭爱山脉，然后沿着色楞格河直奔买卖城——阿拉坦布拉格。我们下决心勇敢地走完的这段旅程是比以往更艰难的一段路程。

乌里雅苏台位于山中的海拔高处，所以我们是越走越向高处爬。其实走到如今，我们已经经历了相当艰难的路程，但是今后的路程将会更加险恶、艰难。我们穿过无边无际的岩石滩，越过陡峭险峻的山脚下的狭窄小道，一会儿爬上去，一会儿走下来，艰难地往前行进着。这一路，没有一处是欧洲人想象中的商队之路，有的路段根本没办法行走，只能把阻挡道路的磐石岩块用手挪开才能继续，而有的路段甚至根本不存在人行道。自那次暴风雨以来，这一带一直阴雨连绵，在这说不尽疲惫、无休止雨淋的前行道路上，我们都期盼着早一天到达乌里雅苏台。一到了夜晚，刺骨的寒冷更加肆虐。虽说有充足的薪火，但由于寒冷、湿气大，我们和骆驼的体能都减弱了不少。从早上到晚间，又从晚间到早上，落汤鸡似的不停步地赶路，再加上山里行路的提心吊胆、紧张不安，即使身心强壮的汉子也会疲惫不堪、精神涣散，即使坚强的向导也会意志麻木、精神萎顿。就这样，我们在无精打采的状态中穿过了荒野。尤其值得说明的是，要到达乌里雅苏台，我们还要翻越两三座险要的山峰。而走到这一带后，为了使骆驼、货物能安全通过，必须将货物全部重新用绳子连接起来捆紧，并将人和骆驼也都用绳子连接起来。不过用绳子能连接十至十五人，却无法牵引骆驼。骆驼虽然是比较顺从、听话的动物，但是，一旦它事先察觉到要让它克服困难去完成一项任务时，就会装愚钝而不听人的使唤了，所以，训练骆驼也是我们的旅行中一项非常困难的工作。在第九天的夜晚，我们终于平平安安地走完了所有的山峰和山谷，但是那一晚我们未能走到乌里雅苏台。

次日中午临近时，我们拖着疲惫的身体，终于到达了盼望已久的乌里雅苏台。确吉由于伤势严重，非常痛苦，并且又一次陷入昏迷状态，庆幸的是我们能在这里对他实施救助、治疗和护理工作。与确吉相比，塔里木负伤的身体基本痊愈，恢复正常了，他在途中还帮我处理了由于突发事件而大量堆积的棘手的工作。

8 商队路经沿途市镇

　　在乌里雅苏台有很多市民在静待着我们的到来，而且，他们都听说了我们在山里的诸多不幸遭遇。这所在这条商路上占据着相当重要的地理位置的商队旅馆规模比较大，大约能同时容纳近千头骆驼和二三百人。我们迅速将骆驼赶进仓房，让骆驼去休息，而我和塔里木则有幸得到了一位熟人的帮助，为了照顾好确吉，我们在他的私宅借宿。这样一来，我们也就不必担心确吉的生命安全受到威胁。目前，我们最渴望做的只有一件事情——睡觉休息。我们原计划在乌里雅苏台休整八天，如果在这八天的休息期满之时，确吉的身体还不能康复的话，我想寻求塔里木的帮助，务必要让他当向导，并借助他的力量，带领我们的商队通过这次旅行中最后也是最困难的一段路程。塔里木对我做出承诺，他一定会带领大家平平安安地越过山顶有千年积雪的杭爱山脉，对此他本人毫无顾虑，信心满满。

　　入住旅馆的第一天，我们踏踏实实地睡了一整夜。等我醒来时，太阳已经高高升起，挂在半空中。我叫醒塔里木时，他伸出手揉了揉眼睛，显得很迷茫，仿佛不知身在何处。他说这是他有史以来第一次在夜里睡过这么长的觉。昨夜还没有来得及洗掉旅途的风尘就匆匆睡觉了，我们计划在商队旅馆休息一夜后，第二天一起床就先去找一个"班雅"好好泡泡身体，放松身心。这个"班雅"，是指在一间小屋子里搭建的蒙古式的也是俄罗斯式的小澡堂，即在小屋子的一个角落里搭建一个较大的泥土灶台，在上面架一口大锅。在另一角落里搭建一个小一些的并与大灶台相连的泥土灶台，放上小锅。这样，在小灶台里点上火后，两个锅里的水都会热起来。那么，怎么洗澡呢？这里的人们洗澡时把身体横躺在大灶台上，这样如果把小锅里加热的水倒入大锅里，人体就会因为受热而发汗，这时用

赛伊图万佛寺

喇嘛庙的庭院

"鞭"搓揉身体（注：鞭是澡堂里搓澡用的工具），一般由澡堂里的男性搓澡人员帮助搓身。当地人平常大概每两个月或三个月洗一次澡，一年只洗一次的人也不在少数。因为设备简陋、空间狭小，人多的时候，外来的旅行者要排队等候三四日的情况也屡屡发生。幸运的是，我们去的当天就洗了澡，并把身上所穿的衣服上的虱子、臭虫等全部洗掉，然后换上了干净衣服。好在这个地方基本上没有虱子和臭虫。八天的悠闲、放松，让我们真正享受了一回属于人的幸福生活。

乌里雅苏台是从张家口至塞米巴拉金斯克的千古商队之路上的一个必经要地。但这里不是一座繁华的市镇，同时也不完全像人们想象中的那么重要的地方。就算我们将其称为城市，心中也实在是有着太多的勉强。这是为什么呢？说实话，这座城市不太像样，给人留下的净是丑陋、落后的印象。就说建筑吧，这里到处都是低矮的砖瓦、木材结构的房屋，我们常说的马路、街道之类的概念在这里根本不存在。这里的人们习惯随地大小便，房前屋后到处都是人或家畜排泄的污物，堆积如山。因此可以说，每到一处，不管是街上还是庭院里，你都会闻到可怕的恶臭味道。这就是所谓的"千里商队之路"上的要冲——乌里雅苏台给人的直观印象。

与科布多一样，千古城镇、古都市乌里雅苏台是蒙古地区人尽皆知的地方。为了疗养，来自四面八方的蒙古人不远千里聚集于此。与在科布多一样，他们在露天的、原始的设施里泡温泉、洗澡等。在这里，我们也看到了为了等着轮到自己入浴，而在温泉周边的大块石头、花岗岩上或坐或躺地烤着脊背、温暖全身、悠闲享受的蒙古人。城外，坐落在山顶高处的赛伊图万寺庙正平静地俯视着脚下的这片土地，在山体单调的暗灰色的映衬下，寺庙也以同样色系的建筑物与周围融于一片相同的暗灰色当中，梦幻般地矗立在人们的视野尽头。

在像乌里雅苏台这样的城镇中生活，简直单调到让人觉得可怜。甚至只要能在某个人家中获得一个温暖的坐席，不用再在肮脏的街头徘徊流浪，那就是很满足的事情了。在市镇边缘的商队旅馆里，立足于旅馆现有的条件，我们尽量让自己过得舒服愉快些。我们适时地把交换骆驼的要求提了出来，八天的休息时间里，几乎再没有什么让我们操心的事情，住在这里确实太省心了。据店主讲，我们要求交换的马、骆驼等新家畜在出发的前一天都能弄到手。既然来了一回乌里雅苏台，我就把这里的澡堂和温泉的治疗效果做了一次对比。在这里洗完温泉、从帐篷出去后，我明显能感觉到周身爽快而舒服，因此，一直到出发日为止，我每天都要泡泡温泉。也正是得益于此，我的身体恢复得很快，常常都感觉全身异常的舒畅轻松。塔里木也每天来这里泡澡，以消除全身所有的疲劳。确吉的身体恢复状况却与我们的热切期望相反，在刚住进私人住宅时，他的待遇与我们在商队前行路上的照顾相比，简直就像遭受了虐待一样。他每天在狭小、肮脏的房间里，几乎没有得到任何照顾和护理，就连包扎伤口的绷带都没有及时地更换过。因此，我们商定把他带回我们的住处，由我们自己来照顾、护理。把确吉带回商队旅馆后，我们将他安置在事先准备好的一个空着的小房间里，尽我们的所能给他治疗伤口并精心护理他。每天，我们还把他带到温泉那边，让他洗身、泡澡。如此这般，他的身体明显地日渐康复了。他原本体格就强壮，再加上每天泡温泉，他的身体终于一天比一天

蒙古西伯利亚踏破记

好起来，我甚至觉得他已经可以和我们一起赶路了。

短暂几天的休息终于告一段落了。但令人遗憾的是，在这海拔一千五百多米的山中，天气依然像以往赶路时那样，总是恶劣到让人难以忍耐。每天雨雪交加不停歇，大路积水又使我们前行受阻，要想出门办事只能骑马，根本无法步行。我们不得不重新审视、考虑今后的旅行中到底用骆驼合适还是用马比较好。依照目前的天气状况看，从下周开始，山里一定会下霜或者下雪。而下一阶段，我们必须通过杭爱山脉中最险峻的一段路程，所以，我们商定在后面的行程中将骆驼换成马。在扎布汗河上因为桥梁坍塌而导致的货物损失严重，所以，从目前的整体情况来看，我们只需三十五匹马和二十个人就能满足行路所需，于是我们就把多余的人员劝退了。直到最后我才恍然大悟，这里的店主才是我在蒙古遇到的最大的一个骗子。我们虽然疲劳，但我们牵来的骆驼都是身强力壮、可以使用的好牲畜，而店主打算换给我们的净是一些连使用三天都难以保证的老弱病残劣等马。于是，我向店主严厉地提出声明：如果在我们出发前十二小时内不给我们准备其他的优良马匹的话，那么这些天的住宿费我们将分文不给。最终，屈服于我强有力的交涉、胁迫，店主终于给我们换来了赶一千俄里路程估计都没有问题的好马匹。

非常遗憾的是，我们还得在这里延期停留两到三天。这是因为塔里木患上了感冒还发着烧，而我不想留下他继续赶路，所以，我狠狠心将商队的出发日期又推后了三天。确吉的手臂还是不能动，所以他没法发挥作为向导应有的作用。他认为我很可能会把他留在这里，于是他对我说："老板，请您带着我一起走，我不想离开老板留在这里。我已经能骑马了，其他事情老板您暂时先代替我做一下，可以吗？""好！一起走！"我回答确吉说，"如果你觉得自己的身体已经恢复了健康，那么等塔里木也能一起走的时候，大家就一起走吧。"听了我的回答，他瞳孔里都闪着亮光，一副喜出望外的表情。看见平时总是沉默寡言、质朴木讷的确吉的脸上显露出那种难以言表的感激之情，我感触颇深。

在这群性格粗犷的人中，能够遇到塔里木和另一位在生活及其他方面都可以完全信赖、依靠的人，对我而言，实在是一件既幸运又值得庆贺的事情。蒙古族这个粗犷、豪放的民族具有如下的特点：一开始，他们大多抱以猜疑、顽固、粗鲁的态度来对待别人，然而当他们得知你是为他们好，为了他们处处着想的时候，他们就变得像小孩子一样，满怀浓浓的情谊，非常憨厚、诚实、耿直地待人。

自此之后，确吉成了我忠实的随从和朋友。只要他能做到的，不论何时，不论何处，也不论何事，都尽心尽力地帮助我。

第二天的傍晚时分，塔里木的烧退了，渐渐恢复了健康。因此，我们心中又升起了能够在四十八小时内出发，继续我们行程的希望。出发的前一天晚上，这里下了一夜的鹅毛大雪，这说明山里也已经下了大雪。见此情形，我抓紧时间准备好了雪天用的帐篷。在平原上宿营也许用不上这种帐篷，但是要想在完全被大雪覆盖的山里选择宿营地过夜，这种适合雪天使用的帐篷肯定有用武之地，这是毫无疑问的。为了避免长距离的迂回道路，我们商量着选择了一条连确吉都毫不熟悉的山路。事已至此，我们只好听天由命，一边探寻着小路一边往前行进。这是因为大家商谈后达成了共识——与其走途远迂回的三千俄里的道路，还不如抄近路走只有一千俄里的崎岖难行的山路。

蒙古西伯利亚

踏破记

9 暴风雪中挺进杭爱山脉

离开乌里雅苏台那天，一部分市民把我们送到了市区边缘的商队大道上。然而，告别了他们不一会儿，我们就又走到了大雪覆盖的山脉中寂静无聊的商队大道上。我想，不知何时才能再回到如此亲切招待、关照我们的乌里雅苏台。不过，如果命运再一次将我领到乌里雅苏台这个地方，我一定会到访这个市里的温泉浴场，然而我想，那样的机会不会再有了。埋在大雪中的秃顶山脉迎接着我们。我们放弃了普通的商队大道，选择了当地人或外地搬来常住这里的人才知道的小道。为了越过山岭，我们走到山的对面那一侧，不得不渐渐地爬得更高，并分开赶路进山。在此，我们还试着寻找了色楞格河的源流，如果能找到并顺着该河流行进的话，一定能走到我们计划的目的地——买卖城——阿拉坦布拉格。越往高爬雪越厚，霜也增多了，山间小路越走越险峻，令人难以置信地难行。

第一天我们只走了二十俄里路程。我想，如果路况一直这样不好的话，那么到达目的地最少也需要五周到六周的时间，而且，这还不包括因高山恶劣的天气原因而可能导致的延误天数的情况。由于山里住民、强盗团伙、暴雪、冰雪、水流等诸多因素以及意想不到的突发状况等原因而延误时间的情况也不是没有的，山中严冬的气候就经常会严重地延误商队的行程，更有甚者，人和马全部损失的状况也会不时发生。这里的每一个角落，都有不知什么模样的死神在等待着。

仅仅行进二十俄里后的最初的宿营地也是摆在我们面前的最困难的挑战。在我们的周围，不是雪就是被雪淹没的山岩，以及受到高处树木的阻挡而咆哮的疾风。天空中，繁星闪闪发亮，野兽的阵阵呼叫声穿过暗黑的夜空隐隐传来。我们选择一处地势较高的山冈脚下搭起了宿营地的帐篷。

一部分人拾柴点火，一部分人给马饮水喂草，开始照顾马匹。确吉、塔里木和我围在一个小火堆旁边观望着人们的行动。为了防备暴风雨或野兽的袭击，是搭起帐篷呢还是躲在山崖下呢？我们不知怎么办才好！在这山里过夜，增加夜间放哨监视的人员是非常有必要的，而绝对不可或缺的就是燃起火堆。通过火光，不管什么时候都可以正确地分辨是否有敌人的入侵，这样，不管是谁都无法偷偷地靠近我们的宿营地，我们才能安心地休息、过夜。谁都未曾考虑过被偷袭的问题，但做好万全的准备才是上策，有备无患嘛！在杭爱山脉里度过第一夜时，就必须让每一个人都认识到防备、警戒的重要性。

静静的夜晚平平安安地过去了。我们围在火堆旁，谈论了今后的事情，并考虑到了在山中遭受袭击的种种可能性。喝完最后一杯茶，安排好警戒放哨人员后，我们盖上毛被放心地躺下休息了。我把确吉安排在里面的铺位，我自己躺在他右侧。塔里木担任第一班巡视任务出去工作了，我打算睡到半夜，然后替换塔里木巡视、放哨到天亮。

周围静悄悄的，能听得见的只有马鼻子发出的呼吸声和火堆上干柴燃烧的声音，以及整晚上放哨人员巡回检查时脚踩雪地发出的极其单调的脚步声。就在这样的声音中，我陷入了睡梦。塔里木过来叫醒我的时候，已经是夜半之后很长时间了，他没有发现任何奇怪、异常的情况。其实，我们离开市区仅仅二十俄里远的路程，这里能发生什么样的险情呢？巡视结束回来后，我发现我们的住所在路边是以椭圆形延伸过去的，因此不管站在哪里，都不容易看见躲藏的人。现在虽然能看见大部分，但是马群的一些角落很难巡视到。我有某种预感，马群那边似乎存在一些奇怪、可疑的地方。于是，我停住脚步，拿起手枪，领着离我最近的放哨人员，静悄悄地匍匐向前，以高度警戒的状态靠近了我们帐篷群宿营地的一个角落。这时，我看见马群有些不安静。再靠近一点，我看到有的马匹在跳跃，有的用后腿站立，或在向后踢腿。当受到野兽直接威胁的时候，蒙古马与野兽相距一公里远时，就能以嗅觉发现异常，并以上述异常的动作来驱赶入侵的野兽。然而，当人接近时，它们马上就会平静下来。我们继续前行，想来到马身旁让它们平静下来，如果能够的话，我们还想把未看到的敌人逮住消灭掉。我想，应该先把旁边的火熄掉，借雪光反射把周围再好好地巡

蒙古西伯利亚

踏破记

暴风雪过后

走访山村

视一遍，于是我披上厚厚的毛皮大衣，在那儿站了好长时间，结果却什么都没有看见。

在我们的周围，是一片皑皑的雪原，只有一部分被低矮的灌木丛分割开来。尽管如此，灌木丛并没有达到遮住视线那种茂密的程度。马群又一次恢复了平静的状态。经过长时间的监视、观察，我们看见遥远的灌木丛那边，隐隐约约的好像有两三只什么动物在向我们靠近。因为还有相当长一段距离，所以我们无法判断那是野兽还是什么其他动物，于是我们在马群周围多安排了几名放哨人员。就这样，一直到天亮，一切都很平常，没有发生任何事情。

我们的两三匹马有些疲劳、体弱，所以，为了让它们多休息，我们特意比平时出发得晚。道路越走越向高处延伸，终于，我们都忘掉了在宿营地时的情景。我们的步伐就像老牛赶路一样，慢腾腾地缓缓地向前移动。在道路两侧，一会儿在左边，一会儿在右边，有被雪覆盖的岩石突出在路旁。刚刚以为这一块岩石没有危险的时候，或许不知底的深渊就在张口等待；另一方面，大岩块径直向一个方向滚动，把道路都堵塞了。这里所谓的路只是名称而已，根本不是真正意义上的路，只是一条人勉强能够行走的小径，大队人马根本无法大踏步地通过。

我们经常看见熊、虎以及其他猛兽走过的脚印。夜间难耐的寒冷，到了白天稍微有些缓和，但天空中黑云密布，阴沉沉的。看到此状况，确吉说："暴风雪将要到来了啊！"根据天气情况，目前对于我们来讲，当务之急不是赶路，而是只要有能宿营的地方就必须无条件地停止赶路，做好宿营避雪的准备。

刚过中午，天空中就开始飘起了小雪。后来，雪越下越大，我们之间只有大声喊叫才能勉强地互相识别。我们在山里已经走到了海拔两千米的高处，之后，道路突然变成了陡峭的下坡路，我们来到了一个深深的山谷中。这里有一处适合宿营的空地，我们不知道还有没有比这块儿空地更适合宿营的地方，于是就下定决心在这块儿空地上安营扎寨了。这块儿空地四周被岩石围起来，形成了天然的保护墙，虽然感觉面积有点狭窄，但如果能够把马匹集中起来拴在一起的话，那么其他所有人员都能有一席之地。其实这块儿空地的面积也算够用了，而且在它的西北角正好能够搭起

蒙古西伯利亚

踏破记

帐篷。我们进一步做好了过夜的各种准备工作。为了御寒，大家在昏暗中动手拾足了夜里燃烧用的干柴火，并且点起了火堆。期间，一直静静地飘落的零星雪花，突然变成了鹅毛大雪漫天飞舞着，弄得大家连眼前的事物都无法辨认，周围也一下子变得昏暗了。为了看清宿营地内的情况，我们必须点燃大火堆。随着暴风雪越来越大，能见度越来越小了，强劲的风把小山一样大的雪堆吹到了我们的宿营地。我们发觉岩石能在狂暴的飞雪中把我们保护住，同时我们也意识到，大家所处的位置是凹洼地，强风正在用极其强大的力量将大量的积雪推向我们的宿营地。事实上，我们已经落入了一个陷阱里。不一会儿，积雪淹没了马肚子，帐篷的大半身也被大雪淹没了，而我们放哨的人员要想去巡视马匹、宿营地，必须将半身高的积雪挖开才能行走，真是寸步难行。

由于暴风雪挡路，我们处在既不能返回原地也不能向前行进的困境难地，现在唯一努力能做到的事情就是忍耐，要拿出一切力量和智慧，不能让大雪埋掉自己。暴风雪越来越疯狂了，越来越呈现出它的猛烈和凶残。强风从岩石棱角处刮过时，狂嚣呼啸着，它已经超出正常的呼啸声，近乎汽笛鸣响的声音了。我们一时不知如何是好，干脆在帐篷内坐了下来。我们非常难耐地将身体躲在帐篷里，坐等着天气的好转，谁也不知道我们的前途将有什么样的结果，不知道在我们面前还会遇到什么险情。趁着暴风雨不很猖狂的间隙，我们把马匹都牵到了帐篷的避风处，这样，我们的马匹就能在挡风的地方度过这个暴风雪之夜。由于暴风雪的肆虐，我们一点也听不清相互说话的声音，谁要想说话必须贴近对方的耳朵大声喊才能让对方知道说了什么。费了好大的劲，我们终于从被雪淹没的帐篷到拴马的地方挖出了一条小路。现在，我们的周围是白色的大雪块、暴风雪的咆哮、脱缰野马似的狂奔乱飞的暴风雪、仿佛皮鞭抽打出的大自然的狂暴与威严以及如果走下去将无法走出来的大雪迷宫。

事到如今，把一切该做的事情都做好，并勇敢地站起来打算带领大家打通前进道路的，正是无所畏惧的确吉和塔里木。平日里非常固执的蒙古人，在遇到这种情景的时候，他们敢于为了友情牺牲一切，甚至所有。确吉尽可能地把大家都领进帐篷，为大家做了很多事并在各个方面帮助我。他总是将"老板，老板，这样行吗"这一句话挂在嘴上，重复了无数遍，他那一张给人固执、粗野印象的狂暴男人的外皮被剥掉了，在那一瞬间，对于我来讲，他已经变成了最亲切、最善良的人。

为了预防行包被雪埋没，我们费了很大的力气将行包全部挪移到帐篷旁边堆了起来，马匹也被移到了不会被雪淹没的地方。就这样，我们在帐篷的一侧筑起了高度约五米的挡风墙，由此，马匹也得到了保护，接下来的问题就仅仅是我们筑起的墙能否顶得住积雪的压力了。周围尽是雪，除了雪，我们什么也看不见，也不知道前途将是如何的。风雪不停地咆哮、呼号着，这凄厉的咆哮声仿佛要将被风雪覆盖的岩块推下来压倒我们的帐篷。

塔里木、确吉和我三个人被挤到门口旁边的一个角落里，默默地注视着这场恐怖的暴风雪，就连眼前的马匹我们都几乎看不见了。注视着眼前的情景，确吉说："如果就这样再持续一阵子的话，我们的一切都会在这里悲惨地结束了。"点燃的火堆将要熄灭的时候，外面的雪淹没了一切。寒冷刺骨的夜晚，落到脸上的雪片像溅起的火星一样刺激着人们。

我们已经无法在外面站岗放哨了。大家聚集到帐篷里比较安全的一个角落，弯着腰、蹲下身子，等待着命运的安排。其实，在这样的狂风暴雪中，不管是谁，只要走出帐篷，肯定丧命在外，没有一个人能返回帐篷里。突然，天空中响起了响彻云霄的雷声，我们吓得战战兢兢，颤抖着看了一下外面恐怖的白色和咆哮的风雪。随着那炸响的雷声，山上发生了巨大的雪崩。一刹那间，我们看到了外面马的一部分被雪崩迅速埋住，也听到了两三匹马吓人的悲哀的嘶鸣声。接着，天空又一次响起了雷声和狂嚣声，我们大家惊恐万分地聚集到帐篷的一个角落里。看着眼前的情景，确吉大喊了一声，同时，塔里木用手指了一下前方。我的眼睛什么也没有看见，只感觉到我已经被埋在了雪堆中，接着，我便失去了意识。

我不知昏迷了多长时间。当我苏醒过来的时候，塔里木坐在我身旁，正使出全身的力量在给我按摩四肢。我环视了一下周围，能看见的仅仅是雪，除了雪什么都看不见。而且我的身体上积满了雪，旁边只有塔里木。

我们的商队怎样了？我们的伙伴呢？我们的马匹呢？是不是都被雪淹没了？是不是就剩下了我们俩？我的脑海里闪现出这样的疑问，同时我听到了一些令人恐怖的喧嚣的声音，就好像大家被雪淹没的那一瞬间喧噪的声音仍留在

蒙古西伯利亚

踏破记

我的耳朵里。不过，令我高兴的是塔里木能够安然无恙地坐在我身旁一直看护着我。为了让我了解我们目前所处的状况，他试着给我讲了一些，然而，我没办法很快地理解他所讲的一切，我脑子里全是雪崩压下来时那一瞬间的情景。可怕的暴风雪总算有了一点收敛，虽然风小了些，但是雪还在不停地下。塔里木告诉我，他也曾被第二次滚下来的雪淹没了全身，但是非常幸运的是，雪压下来的时候正好把行包堆压倒推了下来，塔里木的身体被推上了行包堆，这样他就没被深埋，用手将雪推开一些后站起来走出了雪堆。然后他迅速在厚厚的雪堆里挖雪寻找我，并很幸运地找到了我。

就这样，他已经三次救了我的命。然而他从未想过让我感谢他，他认为自己只是做了一些应该做的，算不了什么大事。对于别的伙计们的情况，他目前也是一无所知。

我的身体恢复了一些之后，我和塔里木两人开始了在雪中寻找、营救确吉的工作。我们不知道这工作能否成功，也不知道如何寻找才能营救成功。首先，我们不了解确吉被埋在什么地方；其次，我们没有工具，只能用手挖雪。我想我俩应该先把帐篷的一部分挖出来看看，这时，塔里木开始挖行包堆那一侧的雪。一直猛烈地、连续不停地下着的雪渐渐有了缓和，风也不太强了，寻找确吉的工作总算好做了一点。尽管如此，庞大的雪块还是让人绝望地堆积在一块儿，我们好几次陷进了没过肩膀的深雪中。经过长时间紧张的挖雪和寻找，渐渐地，我们的手也不听使唤了。不过，经过一番努力，我们终于找到帐篷的柱子并取了下来。我们俩将柱子拽出来，用它当作工具，清除了一些挡路的雪。

我们用帐篷的柱子排雪，一步一步地把埋掉的积雪挖开，并找到了原来挖开的过道。我被塔里木营救，我身体恢复后也开始寻找、营救其他伙计。大约过了两个小时，我们在雪中看见了一个人的腿，我一看，马上便认出那是确吉的腿。我们俩使足了全身所剩无几的力气，用手挖开雪，用帐篷的柱子撬开雪块，终于把确吉从雪中救了出来，万幸的是他还有呼吸。我们冒着零下三十度的寒冷将他从雪中挖了出来，并尽力用雪摩擦他的身体。我们等了好久他才恢复知觉，最终，他长长地呼吸了一下，然后慢慢地睁开了双眼。见此情景，我们俩高兴极了。我们马上用毛皮将他包住，命其静静地休息养身，但他没有安静地多待一会儿。蒙古人自古以来就喜欢具有刺激性的坚强而富有挑战性的生活，尤其确吉这个人，根本就不在乎以前得过什么伤病之类的，具有非常坚强、能吃苦的性格，而且他确实很快就恢复了体力。我们把眼前的行包打开了两捆，为他寻找了一些有用的东西，塔里木从中找出了两罐伏特加酒和少量的茶叶，另外的一些行包里只装着皮革之类的东西。伏特加酒是当时我们恢复体力最必要的东西，我们从各自的罐里倒了适量并喝完之后，又开始了第三次的搜救工作。尽管如此，营地的全体人马都被我们找出却不是一件容易的事情。我们根本不抱希望能够把所有的人、马一个不丢掉地全部找出来，因为这是根本无法做到的。然而幸运的是，第二次雪崩绕开了我们的帐篷，只有一点点雪堆触及了帐篷。这样，在我们使尽全力又折腾一番后，又救出了三名伙计，并让他们一个接一个地恢复了知觉。我们带的酒在这时发挥了重要的作用，假如没有酒，我们也许早已被死神带走了。大约过了一个钟头，我们从深雪中营救出的三人不顾被掩埋已久，很快、很好地恢复过来，并与我们一起投入挖雪搜救的工作。我们把帐篷取下来一看，伙伴们一个接一个一走了出来。透过昏暗——已经傍晚了——看大家的状态我们断定，让大家生还的可能性还是很大的。大家虽然在雪堆下被埋了很长一段时间，可是由于帐篷撑住了滚下来的雪堆，所以压在帐篷下面的人们很幸运地没有被雪掩埋。他们感到危险的只是由于氧气稀少，呼吸困难。我们曾为了抢救六个人想尽了办法，结果都没有成功，失去六位伙伴的生命对于我们来说是巨大的不幸。总之，我们从死神手里夺回了其他伙伴的生命。

已经接近傍晚了，我们齐心协力想把马匹也营救出来。我们的很多想法都还无法落实。但是，目前能营救的必须赶紧营救，否则，通往乌里雅苏台的路程只能靠徒步了。迄今为止发挥了很大作用的我和确吉、塔里木三人，由于筋疲力尽，身上围着毛皮坐在了两捆行包之间。我们一部分伙伴去寻找马匹，除掉压在马身上的雪；一部分人继续去挖雪，寻找我们的行包。他们很幸运地最先把粮米袋和柴火捆挖了出来，于是，我们又能点燃温暖的火堆了。但是，点燃火堆时费了好长时间，终于，烟火慢慢地向空中升起，渐渐燃起了能温暖人心的火焰。

我从未见过像我们的伙伴们在经历了巨大的磨难与突发事件后，在这

蒙古西伯利亚踏破记

严冬之夜的黎明前辛勤工作的场面，也从未见过以如此忧愁的面孔应对工作的情景。他们都在拼命地工作、战斗，如果不能救出至少两三匹马的话，今后我们能否继续我们正常的旅行将是个严峻的问题。天开始亮了，周围渐渐地明亮起来，并且，能看清我们的宿营地了。恐怖的、巨大的雪块，在这狂风大作的夜里袭击了杭爱山脉中的这座山，并在雪崩中一起滚下来袭击了我们的宿营地。如果我们被第二次滚下来的雪压住的话，肯定就见不到第二天的太阳。我们正在这样猜测的时候，几个伙计移到了马屁股的附近，并且一匹接一匹地连续挖出了六匹马。但是，六匹马中只有四匹是活的，另外两匹已经冻死了。伙伴们继续挖掘这雪堆积成的"坟墓"，一直挖到中午，所有的马匹都被挖了出来。一共挖出来三十五匹马。其中二十一匹是活的，其他的都已死亡。

我们的人、马出现了巨大的、惨重到令人咋舌的损失。换个角度来说，这是我们向暴风雪的祭坛贡献出的祭品。然而，比起那些经过暴风雪之后——毫不夸张地讲——连一个人和一匹马都不剩下，惨遭毁灭性损失和致命打击的商队来说，我们的这种状况可以说是不幸中的万幸了。塔里木率先从雪堆中爬出来。回想起来，如果不是他对失去知觉的我进行全力营救，如果不是之后我们相携着去营救其他伙伴的话，我们中的所有人都很可能将在冰雪中长眠。那样的话，等到春暖花开的时候，我们的尸体将会暴露在旷野中，或者就这样沦为野兽猛禽的盘中餐也未可知。会造成这样的后果是不容置疑的。

每当回想起刚刚过去的那个恐怖的夜晚，我们每个人的心中都会产生难以磨灭的阴影，充斥着悲伤、痛苦，折磨着记忆。我们总有一种感觉，仿佛那些已经失去生命、成了冰冻僵尸的伙伴们就飞翔盘桓在我们头顶的上空，甚至连确吉这样见多识广、自身有着丰富旅行经验的人也不曾有过如此深刻的体验。这样猛烈的暴风雪，这样惨烈到让人终生难忘的夜晚。

我们又继续挖出了部分被掩埋在雪中的行包，值得庆幸的是，我们的行李包裹竟然一个也不曾遗失。在给马匹喂饲料的空当，我们确认了一下它们的实际情况，其中有两三匹马已经被暴风雪折磨得精疲力竭，无法继续使用了。而伙伴们也累极了，在火堆旁边刚一躺下就睡着了。因为大家已经累得人困马乏，没有办法继续赶路，所以，我们临时决定让大家休息片刻，只有伙伴们休息好了，恢复了体力，才能承担起晚上站岗、放哨的任务。晚饭的时候，大家都吃了比平时多一倍的食物，喝了平常三倍多的酒，借此补充了足够的能量之后，大家才终于恢复了体力，并焕发了新的动力和精神面貌。

于是大家聚集到一起，商谈了以下事宜：或者派人去往乌里雅苏台，请求补充我们的人马；或者我们都返回乌里雅苏台。确吉是富有经验的向导，他主张我们大家停留在这里等待，然后派人去往乌里雅苏台，联络要求补给等事宜。他还强烈地主张我们必须变更宿营地，要搬回山中驻扎，若继续待在这低洼之处，不知道还会发生什么意料之外的变故，所以，此地不能久留，必须尽快搬离。我赞成确吉的主张，并同大家商议着确定了五个能够担当骑马返回乌里雅苏台求援任务的人选。

天色的暗淡从山谷低凹处开始了。我们头顶的上空中，繁星在点点闪烁，而且，伴随着天黑，可怕的寒冷随时袭扰。宿营地的火堆燃起来了，火焰把火苗抛到了周围高处的雪地上。晚餐时我们吃了些干肉、肥肉，还喝了一些酒，通过简单的晚餐补充了身体所需的能量与营养。晚餐后依照常规，我们安排了夜间的站岗、放哨人员。这一夜风平浪静地过去了，没有不速之客的搅扰，营地的火堆静静地燃烧了一夜。我们把在暴风雪夜里牺牲的伙伴们的遗体连同死去马匹的尸体抬到了对面的山脚下，用雪掩埋起来。这些用雪垒砌起来的坟墓，为我们带来了太多的悲痛、难过，就像是真的覆盖在我们身上，并在我们心底留下烙印，郁结不散，化成永恒。

翌日，我们早早就醒来，起床之后逐步做好了爬山的准备，五位伙伴也从宿营地启程，开始向乌里雅苏台进发，且渐行渐远。假设他们用尽全力日夜兼程地赶路，预计六天之后就可以返回这里。

大概在正午时分，我们终于全面地做好了准备。为了等待补给使用的骆驼，我们开始了搬往高处的工作。从低洼山谷走出去，必须途经雪深之处，在我们搬迁的途中，出现了难以想象的诸多困难。我们从山谷凹洼地走出去就用了大约三个钟头的时间，再往高处移动，途中全是冰、雪还有白毛风，所以越走越难、越走越危险。我们的马匹也在顶着寒冷行进，大家必须一边开路一边前行。马匹有时踩进同脖子一样深的雪中，有时踩到光滑的冰上，有时又因踩空而陷进深雪中，为了将马从深雪中牵出来，我

蒙古西伯利亚

踏破记

们的行进速度非常缓慢。

接近傍晚时，我们走到了一个三百多米长的积雪堆成的雪墙脚下，这一堵墙是在死亡山谷上面由暴风将积雪堆起来形成的。我们没有在雪墙脚下停步宿营，因为在此宿营是不可想象的事情。我们大家又开始了一项超乎寻常的工作——我们暂停了商队行进的路程，用携带的工具挖通雪墙开路。大约挖了一个半小时，我们终于挖开了一个雪中隧道。蒙古马是非常有耐力的，并且已在严酷的环境中得到了锻炼，但是，经历了上次那种长时间的磨难，它们已经显现出了疲劳的迹象。

当我们走到一处必须路过的石头滩的时候，夜幕已经降临，这样，我们必须抓紧时间走进这个石头滩的边缘。虽然这里也有厚厚的积雪，但我们必须在这石头滩边缘驻扎宿营。周围越来越黑了，我们必须赶紧将商队在相应的场所里安顿好。我们又看好、选定了几处夜间可以休息的场所，天将黑的时候，我们又把宿营地的篝火点了起来。

我们看见附近有低矮的灌木丛，于是派一部分伙伴捡来了一些柴火。我们商队携带的干柴已经所剩无几了，所以必须高度节省柴火。以目前收集到的干柴总量来看，至少够使用六天是没有问题的，也就是说，足够等到救援人员赶来。

被派往乌里雅苏台的人们返回这里还需要拖延一些时日，再说，他们能否平安顺利地返回目前还是个未知数。倒不是说他们的往返道路多么复杂、多么艰难，而是因为会有这样的情况存在——带着家畜行进的人们一旦遇到危险，只能选择停止向前。由此，势必会把商队置于极为危险的境地，好多商队往往因此蒙受了毁灭性的损失。我犹豫着是否要在这进退维谷的情况下继续坚守在宿营地，一直等到第六天他们回来，还是说，明早就开始继续赶路为好呢？算了吧，现在考虑这些都没用，待明天看好周围的地形，全面把握了我们所处位置的有利和不利条件后，再决定去留也来得及。就眼前的状况来讲，我们的主要任务还是抓紧时间安排好站岗放哨的值班人员，以防备猛兽等的侵袭和骚扰。我们收集了大量的干柴火，然后点燃了一个较大的火堆，这样，我们也能安心地进入梦乡了。然而，现实的残酷再一次无情地打破了我们的美好憧憬，难以忍受的寒霜，还有刺骨的冷风，都让我们辗转反侧，久久不能入眠，火堆散发出的热量几乎瞬间就被风吹散了。因此，看到第二天艳阳高照，而我们又能重新开始分工干活时，我们内心的喜悦之情简直溢于言表。

稍微高一点的地方上边，积雪已经冻结成了冰。不要说在它上面踩踏，连站稳都几乎是不可能的。确吉、塔里木和我在与大家商量之后，终于决定把宿营地搬迁到别的地方，就这样，我们把准备工作安排好之后走出门去。赶来给我们送补给物资的人们若是在这里找不到我们，后果不堪设想，所以，我们也不能搬迁到太远的地方。

过了晌午，我们找到了一片与原来的宿营地相比相对安全些的区域。这个地方，一侧有岩石高高耸立，可以用来遮风挡雨，另一边覆盖着茂密的灌木丛，不管从地貌还是地势上来讲，都为宿营提供了得天独厚的自然条件。

远观这里的空旷地带，基本呈四方形，这一点对于全面观察、看管整体区域的风吹草动是相当便利的。面向山的那一侧几乎不会存在什么危险因素，即使遭遇的对象是暴风雪，它也不会给我们带来雪崩之类的威胁。我们还在附近选定了一个放马专用的场地，并且，为了防备野兽们袭击马匹，我们还特意筑起了一道矮墙。

在搬到新的地方之后，商队中有两三个伙伴提出建议说，应该在拴马的地方修筑围墙，于是我们就紧挨着临时马厩搭建起了帐篷。我们考虑到，这样一来，一旦发生危险，距离马匹越近，应对突发的危险越便捷一些。此外，由于我们的等待还需要持续长达五天的时间，所以，保证哪怕是宿营地的每一个小角落的安全都是非常必要的，不能留下任何隐患，这对我们来说迫在眉睫，其重要性无须多言。确吉、塔里木和我三个人住在其中一个帐篷里，另一个帐篷里住着其他向导和轮班站岗放哨的人员。像这样在高处搭建帐篷宿营的话，值班放哨的岗位是至关重要的，因此，必须关心爱护这些伙伴们。况且，在我们遇到困难和面临危险的时候，他们总是风里来雨里去，将自身安危、得失置之度外，奔走支援，劳苦功高。在海拔三千米的高地上，在遭遇寒流、暴风雪的时候，一旦站岗放哨的值班人员从紧张的工作岗位上被替换下来，就需要马上为他们提供靠近火堆的温暖的休息场地。就这样，我们平静地度过了在新的宿营地的傍晚时分和第一个夜晚，而且，第二天也如此这般波澜不惊地安然度过了。对马匹的照料一如往昔地细致周全，宿营地的安保警戒工作也有条不紊地按照既定想法进行着，基本没有什么让我们挂心的事情，我们能做的只有一心一意地等待着派出人员的胜利归来。一旦派出去的人员不回来，我们就只能全员返回乌里雅苏台，除此之外，毫无选择的余地。如果没有他们带领着，我们根本就无法翻越这些被厚厚积雪覆盖的崇山峻岭，更不要说去找寻什么未知的小径，然后继续赶路了。

在我们搬迁到新宿营地后的第二天下午，确吉和我打算领着塔里木去附近的灌木林中打猎。这是一片树木较粗但不太高的灌木丛，据说这一带地势较高，有很多野兔和雪鸡之类的野生动物，不过，走了很久我们连一只兔子都没有看见。为了不太远离宿营地，不迷失方向，并且能够应对一切可能发生的突发事件，我们是沿着灌木林地的边缘行进的。但是因为风狂猛地吹着积雪，所以我们屡屡要绕行才能过去。大约走了三十分钟之后，我们来到了一块儿大约五十平方米大的没有灌木丛的平地。我们站在灌木丛的边缘，观察了一会儿是否有猛兽从树林中跑出来。我们的周围是洁白的雪地，什么兔子啦、雪鸡啦，还有其他猛兽等，什么也没有出来。可是，在离我们稍微远一点儿的右侧的灌木丛中，塔里木却看见了熊的脚印。对于好久没能吃到新鲜肉的我们来讲，这太有诱惑力了。我们决定码着脚印跟踪它，如果可能的话，把熊先生从它的隐身之地、藏身之所撵出来。这块平地的另一侧是茂密的灌木丛，地形是纵横的丘陵，正热衷于眼前的打猎冒险，精力都关注在码脚印跟踪熊先生的我们，忘记了对周围的留神和注意。突然，我们听见了一声枪响。积累了一定的经验、对突如其来的险情早已习惯了的我们三人，在那枪声发出来的一瞬间，躲进了茂密的灌木林中的雪地里。我们没有弄清那枪声来自何处，我们虽然对周围提高了警戒，但确实不明白是谁打的枪，也许是来这个山上捕猎棕熊的人们开的枪吧。不过，路过这里的其他商队的人们像我们这样出来打猎而开枪的可能性也不是没有的。不管是谁开的枪，我们还是没有搞清楚。我们十分留神地观察了周围的一举一动，然后穿过灌木密林，在冰天雪地上匍匐着前进，这实在是太困难了。值得庆幸的是，我们横过灌木林边缘的空旷地带，走到了通往宿营地的路上。是谁被盯住了？是有猛兽被瞄准了？还是我们被瞄准了？为了不陷入不愉快的冒险境地，不成为看不见的敌人的袭击目标，我们悄悄地走到返回宿营地的路上。此时，天已黑了，我们继续在通往宿营地的路上行进。因为过了这么长时间还没有回来，宿营地的伙伴们非常担心我们三个人，我们向留守的管理人员询问是否发生过什么怪事，他说没有发生过任何情况。尽管如此，我们还是增加了夜间的放哨人员。外边的篝火堆燃起来之后，把周围照得十分明亮。今晚，我担当了夜班的首班，第二班是确吉，接着值第三班的是塔里木。我想把最后一班黎明时分的放哨任务承担下来，这样一个晚上就值两次班，我是想做好应付偷袭的各种准备工作。也许盗贼们正在图谋偷袭我们，而黎明前后是大家深度睡眠的时间段，也是放哨人员最疲劳、最想打瞌睡的难熬的时间段，同时也是商队的人马遭遇盗贼袭击事件的高发期。一直到我的值班开始，这一夜过得很平静。我无所畏惧地巡回查看了宿营地的各个角落，又第三次集中注意力留心察看了一遍。天空阴沉，周围一片昏暗，非常遗憾的是，宿营地有灌木丛的那一侧原来起防护作用的灌木林在昏暗中反而什么也看不清了，如果盗贼们偷袭过来，利用那一侧的灌木丛袭击、全灭我们是很容易的。巡视完营地后，我放心地来到篝火旁边坐了一会儿。为了让火堆燃得大一些，把营地照得通明，我在火堆上不停地添加着柴火。与其说是由于疲劳，莫如说是由于温度高，我在火堆旁轻微睡了三十分钟。突然，有两三颗子弹飞来落在近处，一听见枪声，我立刻站了起来，与我同时，确吉也在那一瞬间站了起来。塔里木，还有其他一部分伙伴听见枪声后都从帐篷里跑了出来。我立刻命令大家一定要保持绝对的冷静和肃静，并把火堆上的火焰控制到最小限度，如果把火完全熄灭，也有许多不方便，这种场合还是有一点火光为好。就这样，我们等待了一会儿，但是白白地等了半天，什么事情也没有发生，依然平静得像往常似的。因为天气非常非常寒冷，霜也特别重，我没有彻底搞清子弹到底从何而来。我把放哨人员增加了两倍，加强了警戒，然后命令其他伙伴们回帐篷里继续睡觉。拂晓前后的巡视时间平静地过去了，当我完成放哨任务，躺下休息的时候，天开始亮了。

我们想把惊动我们的那些神秘子弹的来龙去脉搞清楚，便想了一些办法。然而，最起码还要付出相当多的精力，才能有搞清楚的可能，勇敢的确吉也对我的看法予以赞同。在商队得到重新整合壮大之前，我们必须回

蒙古西伯利亚踏破记

避一切有可能消灭我们的那些盗贼们的突袭，而盗贼们的势力究竟有多大，目前我们还不得而知。到了夜晚，天空布满了乌云，也许又要下雪了。我们一直在担忧天气的问题，但非常幸运的是，天气之神好像察觉到了我们的心事，从正午时分开始，天气放晴了，不一会儿，蓝蓝天空上的太阳放出了光芒。八天时间里，我们在这里与恶劣天气和苦难相争，大家都忍耐到了极点。下午，我们又凑起十多人一起出去打猎了，我们打算把那些看不见的敌人找出来。我们没有像昨天那样沿着灌木丛的边缘走，而是从宿营地出来后直接从一人高的树林中穿了过去，以此保证不直接给敌人暴露我们的目标。我们以绕行的方式，相互间隔开两步远的距离，朝着昨天发现棕熊脚印的那一块空地的方向行进着。然后，我们打算潜入灌木丛林中，并奔向指定的灌木丛的另一侧。

至此，一切都顺利，但我们没有发现任何东西。周围是一片被冬季午后的阳光沐浴着的景象，宁静中稍显寂寞，而山上的岩石尖端被阳光反射得闪闪发光，整个景色非常协调，充满了平和、安详的气氛。见此情景，我的脑海里涌现出了好像身在阿尔卑斯山脉的某一座山里一样的印象。我想，如果没有发生那些令人不愉快的事情，那该有多好呀！其实，我心里这样紧张的时候，大家也都和我一样，很自然地感到了紧张和不安。

太阳已经落山了，如果不想在黑暗中迷路，那就该考虑往回赶路了。我们既没有看见什么怪异的现象，也没有看到任何猛兽之类的东西，于是我们尽早回到帐篷中休息，放松已紧张到了极点的身心。晚餐吃了一顿可口的饭菜，并把夜里的值班人员都安排妥当了。

奇怪的子弹到底来自何处？为了搞清这些，我们的侦察人员做了各种尝试，但都毫无结果地告终了。这实在是令人不愉快的事情。子弹是由敌方打过来的？还是我方人员放的枪？这是第二天晚上让我们一点儿都没有休息的谜团。

那天夜里第一次听到了从远处传来的猛兽的吼叫声，确吉认为那可能是狼或老虎在吼叫，我反驳了他的意见，我认为那吼叫声也许是从附近路过的其他商队的狗的叫声。他回我的话说，那种可能性几乎为零，并继续回答我说，也许是在大岩石的背影里隐藏着的盗贼群养的狗在吼叫。我们爬到较高的山冈一看，周围高高地耸立着五千米高的山峰，白天这些宏伟壮观的全景如今梦幻般地展现在眼前，并围在宿营地的周围呵护着我们。虽然天空晴朗，但天色已晚，已经是伸手不见五指的程度了。

今晚，我们像前几天一样增加了夜间放哨、巡视的人员。确吉和我在火堆旁边坐了一会儿，在我们夜里值班期间，篝火的火焰好像妖怪似的变化无常，确吉一步一步靠近我并说开了心里话："老板，老板，不管您旅行到什么地方，请您一定要把我带上，可以吗？"听到他如此直白的请求，我感到非常惊讶，于是问他："你为什么讲这样的话？""老板，除了塔里木以外还有一个不放心的人。我认为老板您是一个好人，我知道老板您是有勇气的人，所以我愿意跟着您。"

他的脸上露出有些茫然的表情，好像在深深地思索着什么问题。他接着说："另外，目前没有一个需要我当向导照顾的人。还有，我已经非常讨厌商队中的其他向导们，我不愿意和他们一起工作。""那这些年来跟你一起翻山越岭、一起工作的那些伙伴怎么办？"我反问了他一句。"老板您什么时候解雇他们都可以，我也不是想从老板您这里获得钱财，我只想和您一起爬越山脉、旅行。"他说着说着，似乎突然想起了什么事情，抬起头来接着真诚地对我说："老板您是否认为，我给基督服务、奉献，这样做有悖于佛教的戒律？""不，我不这么认为。"我回答他说，"佛教曾经教导说，你必须奉献！"

我们的谈话被一只大狗的叫声打断了。但是，那狗叫声到底来自何处呢？这次我们还是没能搞清楚。那狗叫声在山里产生回音后传到我们的耳朵里，好像是从四面八方传来的，根本无法断定其准确的位置和方向。最终，我因失望而坐了下来，确吉必须继续放哨、巡视，完成自己的值班工作，而塔里木也过来加入和确吉一起值班的队伍当中。由于我的心里一直感觉不安，所以即使是休息时间，也根本无法入睡，我再一次起身来到了确吉和塔里木的跟前。这时，第二班的值班人员平平安安地完成了值班的工作。为了在这严寒中不被冻伤，我们一个劲地在火堆上添加柴火，让火烧得更旺。后来我们躺下，准备休息放松一下身心，刚刚要合眼的时候，突然从脚底下传来了狗的吼叫声。我立刻起身把大家叫醒，做好应对突袭的准备。

平时我们只限于做一些防备宿营地遭遇突袭的准备，如果在夜色渐渐昏暗的时候出去，肯定会遭遇盗贼的偷袭。相反，如果守在宿营地里的

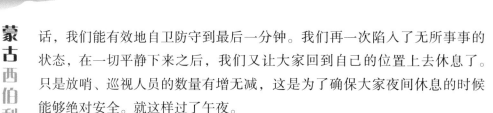

话，我们能有效地自卫防守到最后一分钟。我们再一次陷入了无所事事的状态，在一切平静下来之后，我们又让大家回到自己的位置上去休息了。只是放哨、巡视人员的数量有增无减，这是为了确保大家夜间休息的时候能够绝对安全。就这样过了午夜。

我总感觉有危险在向我们逼近，因而怎么也不能入睡。我在淡黄的火光中看见确吉、塔里木手中握着枪站在那里，整个宿营地都处在紧张的状态当中，值班放哨的人员也都处于同样紧张的氛围中。我问塔里木到底发生了什么事，他没有回答。其实在我们的宿营地附近飞落了很多弹头——我们被袭击了。很明显，那些子弹都是从附近的灌木丛中发射过来，从我们的帐篷上面飞过后落在附近。盗贼们是不是已经瞄准了我们的马匹或者是在想尽办法迷惑我们，向我们挑战？挑衅？

他们肯定也是处于无法下手的状态。我们在昏暗中为了找到盗贼到处搜查，吃尽了苦头，为了搞清楚到底是什么人，我们花费了很长的时间。把身体藏在行包堆的后面，监视着灌木丛边缘一带动静的塔里木，终于看见在我们前方三四百米远的地方有人影。我们打算与他们取得联系，搞清楚他们到底是什么人，在干什么，但是回答我们的仅仅是枪声和飞来的子弹。

我想把塔里木一个人留在这里，我去确吉那里跟他一起商量下一步的对策。眼前必须应对的是怎样在从灌木丛中发射过来的子弹中保护好我们的宿营地，我们必须考虑到从树林中出现袭击我们的盗贼的可能性。

突然，离我们宿营地不远处的地方发射过来的数发子弹瞬间从我们头上飞过去。此时正站在帐篷旁边的我立刻把火堆的火势控制住并调小，静静地等了一会儿，然后下达命令，大喊了一声："肃静！不要开枪！"我们必须看清敌人，并确认自己是否陷入绝对不利的环境中，否则最好不要开枪，绝对不能随随便便地射击。根据混乱的场面，有时无法知道会被敌人包围多长时间，不节省弹药是不行的，因为从乌里雅苏台送来新的补给物资至少还需要等待一到两天的时间。

我们的平静好像使敌人感到格外的惊恐。他们或许觉得如果开战无法决定胜负，那么他们就没有打败我们的把握和决心。盗贼们好像没有攻击我们的迹象，就这样，时间过得也很快。以敌人的整体情况来推测，他们好像也像我们似的，处于疲惫、厌战的状态。不过，这也是盗贼们惯用的迷惑对方的战术之一。他们还常常使用骚扰战术，通过骚扰来打乱处于疲惫状态、正需要休整补给的商队的休整计划，促使商队消耗能量，失去战斗力，便于他们以强胜弱，达到预期的目的。他们为什么这样做呢？这就是在不知对手强弱的情况下，与对手开战前，趁着黑夜的昏暗，在寻找潜入敌人阵营的方法。而且，如果有机会的话，会在精神上、心理上、体力上让敌人付出很大的代价。这样做，其实对自身的力量的消耗也会特别大，这是不言而喻的道理。值得庆幸的是，确吉和我等人都有坚强的抵抗能力，我们都经历过这样的事情，而我们身边的这些伙计们也基本上都有类似的经历和经验。有的人甚至在商队的旅途中遭遇袭击，财、物等全部都损失掉了，只保住一条性命逃出困境。他们都有着丰富的与盗贼战斗的经历，都是在同盗贼的战斗中锻炼出来的人，他们都知道带领商队与我们旅行是一件朝不保夕、拿性命做赌注的危险的工作。从他们认真地站岗、放哨、巡视当中，从他们发现敌情后随机应变、紧追不舍的坚强的意志品格中，我们看得出来他们丰富的经历和优秀的人品。为了让这些伙计们安心地工作，我必须经常给予他们一定的夸奖。在这样的场合下，他们当中的任何一个人都不说想休息一会儿、想睡一会儿这样的话语。拂晓时分，天气更加寒冷，我们又在火堆上添加柴火，加大了热量，并在帐篷前和离帐篷稍远的地方各点燃了一堆篝火。我把人员的一部分留在外面，将剩余的人领到火堆旁，以此方式交替着烤火来取得热量。天渐渐地亮起来了，太阳升起来后，我们再一次静静地观察了敌人的动静，结果什么也没有看见，也没有看见任何可疑的情况。

又过了三天，我们时时刻刻都在监视、警戒着突如其来的各种危险，在不安中打发着时光。今天，我们决定无论如何也要把袭来的盗贼的情况弄清楚。即使是贼群，如果能交战一次，还是打一次为好。如果不能打，我们便什么也不说，搞好宿营地的防卫工作就是了。不管是谁，都有了解敌情的必要性，确吉、塔里木和另外一个伙伴，几个人一起到树林中侦察去了。其间，我们发现了许多可疑的脚印。看见这些可疑的脚印，确吉断定是盗贼们留下的，他是根据鞋印上没有后脚跟的印而断定的。如果是借路的商队，脚上穿的鞋应该是有后脚跟的毡毛乌拉鞋或皮鞋，而山贼们穿

蒙古西伯利亚

踏破记

的鞋通常都是自己做的无后脚跟的鞋。另外，在鞋印当中我们还发现了一些长筒马靴的印迹。这些充分证明了盗贼就是来侵袭我们的，剩下的疑问就是他们的势力到底如何了。从大量的脚印可以推断出，盗贼的人数是相当多的，不过，也有可能是因为来回往返了很多次从而使脚印多了起来。不管怎么说，应该可以想象，敌人的势力比我们强大。另外一种情况是，这些脚印也许是盗贼为了了解我们的人数、马匹的数量等情况而派人来侦察而留下的脚印。对于盗贼群来说，比起货物，他们更注意、更贪慕的是马匹。说实在的，马、骆驼才是他们真正希望拥有的财富，他们也总是以掠得马和骆驼而自豪的。

我们为自己的一点点侦察成果而感到有一些满足。回到宿营地后，我们决定带领更多人员去寻找盗贼逃走的方向、地点。把塔里木留在宿营地，我和确吉带领十多名伙伴出去了。我们横穿过灌木丛的一部分，沿着盗贼的脚印逐步跟踪过去。他们的脚印从灌木林边一块新的地方开始，模模糊糊地向着丘陵地形方向延续过去，遗憾的是走到这里积雪太厚了，我们无法走入山里和山谷地带。我们曾打算走弯路绕过去，但是那样太费时间了，所以我们没有那样做。这样，我们对自己初步确认的一些成果感到了一丝满足。尽管如此，我们还是很失望地踏上了返回宿营地的路——大家都焦急地赶路，争取在天黑之前回到帐篷里（宿营地）。在塔里木的看管、指挥下，宿营地里的一切都平平安安地过去了。伙计们收集了大量的柴火，并且准备了一个过夜的大火堆。

我们沉重压抑的心情由于伙伴中的一个好不容易捕获了两只兔子而得到了一定的缓解和放松。在这山脉、草原、沙漠当中，在这艰难而寂寞的生活里，尽管只是一点点的变化和乐趣，也是一种减压、缓解和巨大的喜悦，再说还能吃到一口新鲜的肉，能喝上一顿爽口的酒，这对我们来说简直是一种极大的享受。吃饭的时候谁都想获得丰盛的菜肴，塔里木将我们几个人的那份用铁丝穿起来烧烤了一会儿。

夜晚的放哨和值班与昨夜一样安排了轮班人员。为了防备意外，今晚在三个地方点燃了篝火，塔里木、确吉和我交替着负责最初的三个夜班。如果可能的话，我想安排黎明前后的最后一班也由我们三人共同值班。我承担夜间的第一班，确吉和塔里木躺下休息了。为了看管好马匹，我们将马匹从灌木丛旁边牵过来，拴在帐篷前面视线能顾及的空地上。而且，为了不让外人轻易看见马匹，保护好马匹，我们在马匹前面用行包捆搭起了一堵墙，挡住了外人的视线。同时，为了能把灌木丛里的一切看得更加清楚，我们把火堆转移到了附近，正好把我们的宿营地和灌木丛之间的空地照得通明，保证了遭到袭击时我们和袭击者之间相应的射击距离。

天气一直很好。白天，晴朗的天空艳阳高照，而夜晚，天空中群星闪烁，清澈万里。然而，到了这天下午，天气开始发生变化，刮起了风。到了傍晚时分，天空渐渐布满了阴云，每时每刻都给人一种眼看就要下雪的感觉。于是，为了八天前那一夜的悲剧不再发生，我们做好了所有应对的准备工作。我们在帐篷周围用从灌木丛中割来的树木搭建起围墙，以此来增加帐篷对雪的抵抗强度。这一夜我们有种危险和不祥的预感，可是什么也没有发生。我的值班时段平平安安地过去了，为了预防万一，我又重新巡视了一遍宿营地的各个角落，确认没有隐患之后，我去叫醒后续值班的确吉接了我的班。然后我躺下，好好地放松了一会儿身体。黎明时分的最后一个班是我和塔里木一起完成的。一开始很平静，什么异常的事都没有发生，天要亮的时候，我们把大部分放哨人员都召回了帐篷里，只留一二处的人员站在外面。除了塔里木和我，其他人员都休息了，我们觉得现在的这最后一班也应该能够平安无事地结束。

不一会儿，我们知道了刚才的想法是错误的。从距离我们不远的地方传来了只有熊才能发出的巨大的吼叫声。其实我们曾经不止一次地确认过附近熊的脚印，但是我们的注意力一直过于集中在未曾出现过的盗贼群上，对于熊根本没有在意过。那么，刚才那巨大的吼叫声确实是熊在吼叫吗？是不是盗贼们为了把我们从宿营地引诱出来而使用调虎离山计，以便袭击、消灭我们呢？是不是盗贼们的鬼把戏呢？塔里木和我领着三个伙计朝着那个声音发出的方向小心翼翼地走了过去。我们花费了很长的一段时间才确认了要去的方向，在这个过程当中，我们透过黎明前微弱的亮光，在距离我们宿营地不远的地方的岩石角下发现了两只熊，而熊还未察觉到我们正在向它们靠近。因为我们是逆着风向移动的，所以熊未嗅到我们的气味，也没有听见我们的动静。我们用四肢爬行着偷偷地来到熊的附近，然而再靠近一些就非常不容易了，因此我们想把熊从现在的位置引诱出来

蒙古西伯利亚

踏破记

以便开枪射击。

为此，我们把同行的两个人派出去站到前面，两只熊看见他俩后马上又发出恐怖的吼叫声，其中一只母熊改变了所在的位置，朝着他俩做好了扑过来的准备。我和塔里木在相隔二百米的位置蹲下身子瞄准了目标，我命令他俩想办法把熊引诱出来，在给我们留足射击距离后把握时机，向两边快速躲开，并命令他俩不管什么情况也不许向熊的方向开枪。但是胆小的他俩怕被熊抓住，于是我急忙开了一枪，结果没有命中。熊先生听到枪声后，与其说是惊吓，还不如说是兴奋，爬着向母熊的方向跑去，明显地准备袭击他俩。现在到了我俩必须上场的时候，熊先生看见我们俩，暂时站了起来，我趁机瞄准，开枪击中了一只熊。后来发现那一枪正好打中了那熊的肩胛骨。受伤的熊开始绕圈巡视，这时塔里木也开了一枪，但他的子弹恰巧偏离了目标。为什么这么说呢？因为如果熊被第二颗子弹击中的话肯定会倒下去的。我命令塔里木停止射击，而我自己瞄准好目标后，又向熊射出了致命的一颗子弹。即刻，熊发出了几声吼叫，移动了二三步，然后倒了下去。一直到最后的呼吸结束，那只熊一直盯着母熊的方向，而那只母熊目睹了眼前的突发事件，转身逃离了。我们捕获了一只熊，这就足够了。这是一只上了年纪的成年熊，如果没有大家的帮助，我们是无法把它抬回宿营地的。

我们派一个人去宿营地报告捕获了一只熊的消息，宿营地的人们听到这个消息后都高兴得手舞足蹈、奔走相告。消息传遍营地的同时，也赢得了大家的喝彩。伙伴们很快用绳子绑住大熊，把它拉到了宿营地，部分伙伴为庆贺捕获一个大猎物而跳起了欢快的舞蹈。我让有经验的人剥开了熊皮，下午又把熊的四肢解体，大家炖熊肉，搞了一次熊肉大宴。熊大腿和后鞯适宜烧烤着吃，所以我们特意点起火堆烤了熊腿。我自己只拿了熊皮和前肢，并在熊前腿上插上铁针烤着吃了，这样比较好吃。我们三个人各拿了一只熊掌，把第四只熊掌分给了大家。虽然这只熊年纪有些大了，但是肉还没有到不可吃的程度，还挺鲜美的。塔里木很快动手做了一些防止熊皮腐烂的简单加工程序。

天空渐渐地阴了下来，布满了深深的很低的云层，眼看着就要下雪了。傍晚时候，大雪开始下起来。为了应对大雪，我们必须把帐篷尽量看护好，保证它的安全，于是我们用行包捆把宿营地安全地围了起来。有人建议把马匹集中到一处，在有小护城墙似的地方把马匹看护起来确实是一个好办法，确吉也赞同这种做法。于是我们立即行动，天黑之前，我们计划的小护城墙就被建了起来。我们将两座帐篷合并成一座，把帐篷周围围起来，上面铺了一些柴草，这样就能安心地应对暴风雪了。我们在帐篷的门口处安装了一个炉子，又在背后紧挨着炉子的地方把马匹拴在了一起，这样，放哨、巡视的人员就能很容易地把马匹和整个宿营地都看得清清楚楚。现在，我们的宿营地与灌木丛的边缘大约相距六十米左右，这样，应对常有的突发事件，从空间和地理位置来讲都有了相当的余地。

夜幕降临了。冬日寂寞的夜晚，雪越积越厚了。这雪毫不留情地下在为了寻找隐蔽的敌人而苦恼、焦虑的人们的头上。不过，从乌里雅苏台出来的我们的商队明天将要赶到这里，然后我们就能和他们一起朝着预定的东北方向的目标继续我们的行程，我还没有放弃继续旅行的希望。为了和确吉、塔里木等人在这高原上把日子过得尽量快活点，我们想尽了一切可能的办法，但是尽管如此，我们大家谁也不愿意在这里长期待下去，所以，必须尽快决定下一步的去向。如果提供补给的人们带来粮食和马匹，我们必须马上启程赶路，但因为他们一直没有来，所以我们只好原地等待。

雪越下越大了，见此情景，我们仿佛觉得自身已经没有了生命，一种非现实的心情支配着我们，人们都处在连话都不愿意说的氛围当中。两三个钟头后，我叫醒了接替我值班的确吉，然后把他留在火炉子旁边，我自己进帐篷里休息了。但是我觉得情况有些奇怪。透过篝火堆淡黄色的光亮和新下的雪反射出的光，我好像看见一只野兽在偷偷地靠近我们的宿营地。这时马匹都在静静地休息，我们也在各个营地之间安排了放哨人员。为了探明真相，塔里木、我和另外三名伙伴一起匍匐着到了营地的外面。在这个季节里，野兽偷偷地来袭击我们的宿营地，这件事情本身对我们来说是一个不可思议的谜。非常遗憾的是，我们没有看清到底是什么野兽，甚至无法确认究竟是什么野兽，由此，我们只能半道返回宿营地。天渐渐地亮了起来，我们的放哨人员一个接一个地返回了帐篷。我们等待从乌里雅苏台来人的最后一天开始了。我们想着从上午开始就要多做返回乌里雅苏台的准备，特别是考虑到了途中必需的大量干柴火的收集。不过，我们还是无法说清楚到底是该返回还是该等待，抑或继续旅行，无法得出诸如此类的决定性的结论。如果送补给的人员能在今天到达这里，明天我们就可以让商队的一部分人马先出发赶路，接下来，我们领着其他的人员跟在后边。但是，过了中午，到了傍晚，谁都没有看到送补给过来的人员的影子。我们的粮食越来越少了，所幸的是，近几日塔里木和确吉等人经常出去打猎，带回来一些小兔子、雪鸡之类的野味，充实了我们的粮食储备。既已至此，我们终于一起下定了决心，如果再过十二个小时，那些人还不能到达的话，我们干脆就返程。

那些我们至今未曾亲眼见过的敌人，就是到了最后一天的晚上仍是不曾露面。这是缘于他们周密的计划或者只是偶然的原因？或者说从一开始我们对他们的想法和意图就进行了错误的揣测呢？对此，谁也无法说出个所以然来。我们在荒凉的山野里展开偶然的前哨战，并且未能改变自己所在的宿营地位置，这些事情，我们的朋友都一清二楚。每天单调、无聊的生活中没有发生过什么特别的事件，这一天也就这样地过去了。夜间非常寒冷，下完雪之后，天空放晴了，刺骨的东风吹冷了我们的脸。黎明时分，我们都冻得无法入眠，而火堆基本上烧成了灰烬。我起床后穿上熊皮大衣，巡视了宿营地，并提醒了一下放哨人员。前些日子，从稍远的地方传来过一阵狼的号叫声，我们也看见过狼的脚印，但是我们的宿营地附近还没有来过狼一类的野兽。因此，这次巡视营地时看见血滴的痕迹和狼的脚印后我感到非常惊讶。而且，我们的马少了一匹。在刮着大风的黑夜里，狼偷偷地钻进马群，将一匹马咬死后，又撕裂了马的躯体。这事发生之后不久，我就动员了营地里的所有人员，部分伙伴为了点火照亮整个宿营地，马上准备了大量的柴火。然而，天快要亮的时候，在我们附近还有野兽在逗留、徘徊，这真是让人匪夷所思。更加不幸的是，刚才我们又损失了一匹马。由此，计划中的旅行将要遇到极大的阻碍。我向值夜班的放哨人员追究其中的原因。其实，他们中没有哪一个人想过要看护好宿营地，谁都没有观察好外面的动静，没有做好自己分内的工作。确吉主张严惩这些值夜班不尽责的人员，我命令做饭的人员不要给这帮值夜班的放哨人员吃饭，严惩一天。

已经接近中午了，乌里雅苏台方向仍然没有任何消息，派出去的瞭望人员也回来报告说没有任何人员到来的迹象。听了他们的报告，我们做好了返回乌里雅苏台的一切准备工作。只有这一个晚上了，我们还想在这里住一夜。而大家的心情都处于非常兴奋的状态，都感到不公平，并且口头上表露了出来。我们的命令也不像以往那样，现在已经没有人服从了。很明显的是，有两三个人在公开撺掇、挑拨大家来反抗我们，我们必须时刻警惕，防止发生暴动，尽量注意不要引发此类事件。否则，一旦发生冲突，我们三个人面对的将会是他们十八个人，如果发生内斗，我们毫无疑问会丢掉性命的，而这就意味着丢掉了一切。在这里的最后一夜即将过去了，我们像往常一样安排好了放哨人员。现在不光是对外要注意、留心，对内的警惕也是非常必要的了。我们必须时刻留意我们的伙伴们是否会突然暴动、发起攻击，与此同时，还必须十分警惕盗贼们可能发动的突然袭击，一旦发生了内乱、外侵，后果将不堪设想啊！

恰好在我的值班正要结束的时候，黑夜的昏暗中我听到了一阵喧闹和骚乱。是敌人的动静？或者说是我方人员的动作？我马上把确吉和塔里木叫醒。不一会儿，我们确定了有一帮商队人马正在向我们奔来。这会是什么人呢？在黑夜的昏暗中，我们没能在第一时间确定下来。不过，再过了一会儿之后，我一瞬间就锁定了那骑马的两个人——他们是我派往乌里雅苏台联系救援的人。在最后的时刻，我们的救星虽然姗姗来迟，但终于来了。我们的心情马上好了起来，新的生命和希望充斥在四周，洒遍了营地。

新来的二十匹马、十五名人员编入后，我们组成了新的商队。为容纳他们，我们的宿营地需要扩大地盘。他们在往返道路上耽搁时日的主要原因是大雪挡住了他们前进的道路，向导完全完成了我们所委托的事项。我们马上把所有物资均等地分成了四个星期使用的份额。新来的人、马因为在路途中急行军，看起来已经疲惫不堪了。就这样过了一会儿，我们的宿营地又恢复到了往常的宁静、平和，只有我和塔里木、确吉三个人继续商量着工作安排。在保持着喜悦心情的基础上，为了确保下一步旅行能够顺利进行下去，我们决定再好好休整、放松一天，然后再启程赶路。我们也向总向导说明了前一天部分雇佣的向导伙伴不听指挥、用叛逆的心理和态

蒙古西伯利亚

踏破记

度抵抗我们的具体情况，并要求对他们进行严惩。为了防备狼和盗贼群偷袭我们的营地，我们又增加了夜间的放哨人员，所幸的是这一夜没有再发生什么特别的事情。

在这个营地滞留的最后一天里，我们又出去打猎了。我们打算储存一些新鲜的肉类，以满足生活需求。上午，我们三个人领着四名伙伴出发了，打算猎捕一些山兔之类的野味。关于盗贼的疑问，整整一天我们基本没有在意，可以说，我们完全没有什么可操心的了。盗贼们好像也非常清楚地了解了我们的警戒方式以及防备的情况，好像业已洞悉我们不会再被他们所引诱，不会钻进他们设的圈套这个既定事实，因此转而开始畏惧我们了。我们在灌木丛中无所畏惧地穿行，一直走到了丘陵地带。几圈巡回下来，一共捕获了十一只山兔、十八只雪鸡，使得我们的食物种类得到了有效的补充和丰富，大家都很高兴。如果在这座山里捕获不到一只熊的话，我们根本吃不到什么新鲜的肉食，所以只好捕猎一些山兔之类的动物了。傍晚时分，我们返回了营地，从很远的地方就能够看到营地的篝火了。我们把新鲜的肉平分给大家，这些野味足够我们享用三天了。虽然天色已晚，但我们还是做好了明天出发的一切准备工作，并把所有的行包检查、核实了一遍，然后平均分给大家，让他们用自己乘骑的马来驮运。我们也把有丰富经验的人和新人穿插着调配好，排好了序列，这是在意想不到的突发事件发生之前就尽快处理掉的应对措施。想到明天就要离开这个鬼地方，我终于心满意足地躺下休息了。

10 在从未走过的小路上

　　第二天早起我们就出发赶路了。队列的领头人是确吉，塔里木在队列的中间位置，我排在队尾压后阵。因为道路稍微宽敞，所以我们排成了纵向的两列向前行进。山势越走越高，行进的难度渐渐增大了。在这座高山上遭遇暴风雪，使我们吃尽了苦头。越往山上爬气温越低，天气越寒冷，道路也变得越难走，商队就像老牛走路似的慢腾腾地往前行进。不过，不久就要翻越这座山最艰难的路段了，大家都充满了信心，毕竟此路段已经是下坡路，比较好走了。但是从那个令人不安的宿营地出发走了四天后，我们才初次走到了山峰的最高处。山路渐渐地形成了下坡路，但路况依然险峻而难以行走。一部分马匹已经累得筋疲力尽，而其他马匹由于驮着沉重的货物，忍受着严寒行走，再加上马鞍的摩擦而受了伤。为了确保马匹不受重伤，我们决定休息、放松一天。旅行的第六天，我们走过一片被森林覆盖的地段后，决定在此宿营过夜。这一带地形较好，我们有可能收集到干柴火，也有可能更新我们收藏的新鲜肉类。下午晚些时候，我们在森林边缘的乔灌木混杂处搭起了帐篷。因为大家认为较安全，所以选择了这个地方。遍地都有熊、狼等野兽的脚印，所以我们格外注意了野兽的侵袭。我们的人、马、货物等都集中在相应的容易看管、照料的地方，把马匹集中拴在一个一侧有岩石保护，另一侧由我们的行包筑起一道保护墙的地方，而且，在马群的另一侧搭起了帐篷，从帐篷那里能够把森林地带看得一清二楚。如果发生危险，只有搭帐篷的那侧有侵入的可能，其他方位是不会有未知隐患存在的，所以我们在容易发现险情的地方摆好了阵势。最后一天的旅行途中，大家付出了很多的努力，之后又获得了一次为期一天的休息放松的机会，这对我们的人和马来讲都是很满意的事情。确吉、

87

蒙古西伯利亚

踏破记

塔里木和我利用下午和夜间的时间交替休息，放松着身体。我们在宿营地附近收集到了足够的干柴火，所以很容易就点起火堆取暖，不一会儿，在我们的周围就燃起了四堆篝火，接着就像白昼一样拉开了宿营生活的序幕。在夜间的昏暗中，四名穿着熊皮大衣、勇敢彪悍的男子被分配到四堆篝火前关注火堆，他们在那里又是唱歌又是交谈，不亦乐乎。我们的周围是高高耸立的山峰和厚厚的积雪，仰望夜空，繁星闪烁着梦幻般的光芒，而从远处不时传来猛兽低吼的声音。这样的夜色与静谧美好得宛如一幅绝美的风景画，这般浪漫唯美的风景画，饶是多么才华横溢、笔法高明的画家也难以描摹下来吧，我这样想着。就这样，夜色如水，时光悠悠，一夜无事，安然度过，除了阵阵野狼凄凉的吼叫声着实让人恐惧。

　　第二天，我们又度过了一个平常的休息日，有的人睡觉补充体力、放松身心，有的人利用这段时间来办自己的私事。确吉、塔里木和我三个人又出去打猎了。为了应付随时可能出现的意外情况，我们特意多领了五个人，以确保应对突发事件时能依仗人多势众分散风险。在这被茂密的灌木丛覆盖着的地方，在这人迹罕至的深山老林中，每走一步也许都是新发现的开始，同时也意味着新的风险的产生。我们花费很长时间沿着野狼的脚印一路追踪，终于，沿着地势高高的森林边缘走过去后，熊的脚印阻止了我们前进的步伐，引起了我们的注意。这是比较新鲜的脚印，而且这只熊一定是刚刚才从这里走过去的，因此我们决定沿着这只熊的脚印跟踪它。作为对迄今为止我们所吃过的苦头的补偿，熊肉、熊掌的美味大餐也许就在前面等着我们。穿过灌木密林，我们继续追踪着那只熊的脚印。为了不跟丢这只熊，我们有时不得不穿越更加茂密的树丛向前行走。这种行为本身很有可能是熊在躲避跟踪者，也有可能是为了回到隐蔽处的洞穴而故意乱走，企图模糊掉自己的痕迹和脚印。

　　熊的洞穴一般都在人和其他动物难以接近的地方，熊先生是经常会考虑到洞穴乃至自身的安危的。我们继续跟踪一会儿后来到了一片森林中的小块的丘陵地带，在这里，熊的脚印向着丘陵一侧反复绕行了几次后进入了一个令人望而生畏的洞穴里，这里很可能就是熊越冬时的藏身之所。由于我们出来时没有带狗，所以没有能够想出引诱熊出来的更好的办法，也没有带来能够将熊赶出来的长长的杆子。而且，这次我们才发现，熊的洞

蒙古人的长笛音乐会

在千古的商队大路上

穴结构是比较复杂的。首先有长长的出入口，然后向洞内深深地走下去才能到达熊真正休息的地方。因此，到底怎么办才好呢？我们的一名伙伴想爬进洞里看一看，于是他站起来打算先确认一下洞穴里究竟有没有熊。洞穴入口处有很多熊来来往往的脚印，当然，也应该考虑到熊从我们的背后攻击的可能性，有时熊会突然出现在背后，突袭大意的入侵者。洞穴的入口处非常狭窄，人不容易爬进去，不过我们的一位伙伴用四肢爬行的方式终于爬了进去，第二个人紧接着也爬了进去。虽然第三个人也爬着进到了里头，但他在入口处附近便停了下来。他是负责在先进去的两个人和我们之间传递信息、保持联络的。过了好长时间，他给我们传来了洞里只有一只熊的消息。熊的洞穴是在远远的地下深处呢？还是就在洞口附近呢？我们没能了解清楚。突然，洞穴里响起了枪声。就在那一瞬间，给我们传递信息的那位汉子，向洞里投掷了一个东西后丢下熊不管，自己逃了出来，其他两人的声音在离洞口不远处也能听得到。不一会儿，洞中传来了粗犷而缓慢的吼叫声，这是熊在大声喊叫着要走出洞口。吼叫声越来越近了，他们两人中的一人已经跑出了洞口。洞穴里又响起了两声枪响，随后传来了熊扑向人时发出的可怕的吼叫声。我们无法看清洞里发生的事情，只听到人在呼喊，熊在狂吼，很明显，洞穴里人和熊在搏斗。如果熊受了伤，那它将变成非常凶恶的敌人。我们到目前只了解到，爬进洞穴里的两人当中的一个人想把熊撵出来，而熊对此并不理会，由于激动难忍，他们朝着熊开了枪，受惊的熊立刻起身扑向他们二人。因为洞里空间狭小，无法搏斗，他们二人想逃出来，却由于洞口处狭窄而细长，不能迅速跑出来，当其中一个人刚跑出来的时候，另一个人就被熊追上了。他拼命挣扎，展开了殊死的搏斗。此时洞内又传出了尖锐的叫喊声和粗犷低沉的咆哮声，突然，人的喊叫声戛然而止，肯定是熊把他咬伤或者压死了。为了不妨碍从熊洞里跑出来的那个伙伴，我们特地挪到了洞口旁边一点的地方，当然，我们已经想好了阻挡熊逃跑的办法。很快，熊的吼叫声传到了洞口附近，不一会儿，就看到熊以可怕的姿势从洞口走了出来，现在正是我开枪射击的绝好时机。熊的前半身已经出了洞口，但后腿还在洞里，于是，当我射出一颗子弹并成功命中熊的眼睛时，它正想用前肢支撑起身体。顷刻间，熊又发出了恐怖的吼叫声，它立刻向后转身，用前爪拍打着雪，吼叫着把后腿从洞口拔了出来，用它最后的力气将全身移到洞口前面。我又一次瞄准后开了枪，这次子弹穿透了熊的肩胛骨。熊全身颤抖，然后虚弱地倒了下去。在留下它最后一声嘶吼之后，熊先生停止了呼吸。

被击毙的是一只成年熊。然而，我们更担心的是还在山洞里的人。我们把死熊从洞口附近挪走，我们的另一位伙伴爬着进到了山洞里，不一会儿，他就牵着受伤的伙伴的手把他从山洞里带了出来。他好像是被熊用前肢拍打了头部后失去了知觉，他的脸上都是被熊爪抓挠之后留下的痕迹，耳朵和鼻子被熊撕烂了，上身穿的衣服也被撕破了，胸部留下了一个很大的伤口。天色已经很晚了，我们必须在天黑之前返回宿营地。伙伴中的两个人先上小道走捷径率先踏上归途，我们派他们俩先回去多叫来几个人把熊抬回去，其余几个人用担架抬着受伤者回宿营地，慢慢走在了后面。

终于，在傍晚天快要黑的时候我们走回了宿营地，而最先要做的工作就是给负伤者的伤口扎上绷带。他在半路上流了很多血，现在已经是严重

蒙古西伯利亚

踏破记

失血了。尽管如此，他的意识却还很清醒。不过，饶是如此，经历着极度痛苦的他，还是非常难受的。过了一会儿，他再次陷入了昏迷。

很晚的时候伙伴们才把打死的熊抬回宿营地。大家都很好奇地想看看那只被猎获的熊，所以纷纷起身去围观。我们在帐篷前的火堆旁边借着火光剥了熊皮，然后煮好了咸熊肉，烤了熊的前大腿。当天晚上，我们就把加了咸盐的熊肉全部吃光了，又把节省下来的只有在非常时刻才会使用的酒也都分给大家，喝得一干二净。一直到了深更半夜，我们的营地才渐渐安静下来。轮到第二班人员值班的时候，我们已经挺过了夜班最困的时间段。深夜，野狼靠近了我们的宿营地，它是嗅到了熊肉的香味后想捞到什么好处才奔袭过来的。为了防止野狼太接近我们，我们特意燃起了大堆的篝火，而狼因为看见了火的亮光而不敢太接近我们，只是从距离营地稍远的地方传来几声平常难以听到的号叫声和咆哮声，偶尔又能听到远方传来的狼群互相撕咬的声音。过了一会儿，四周陷入了一片寂静，我们在这里

色楞格河畔的荒野

草原无边无际的形象映入骆驼的眼睛里

蒙古西伯利亚

踏破记

的这个夜晚再没有出现什么异常情况。

到了天亮的时候，受伤者渐渐从深深的昏睡状态中苏醒过来。我试着给了他一点点酒，他把酒都喝了下去。喝完酒后他恢复了一些精神，然后就开始诉说伤口是如何的疼痛。

出发的准备工作都已经完成了，大家在动身之前围着桌子坐下来又吃了一会儿熊肉。这个时候，又下起了暴风雪。

我们一步一步地爬上那堆积着厚厚的雪、覆盖着茂密森林的山坡，继续走了一会儿，就走到了山的对面那一侧。在这里，我们还必须翻越一座高耸入云、巨大坚硬的岩崖，它的顶峰延展到了山脉深处。虽说我们已经通过了最险要、最艰难的路段，但就目前的状况来讲，前面的路段状况到底怎样，眼下谁也没有把握能说清楚。由于积雪又加上冻霜，大岩角非常光滑并且难走，常常会阻碍我们的去路，我们往往需要花费好长时间才能走过去。我们只能一个人一个人地通过这样的路段，否则根本无法前行。像前一天一样，有的时候会出现急转弯，没有别的办法，只有好好看着路，然后花费一个钟头以上的时间慢慢地走过去。这样的路段今天就碰到了两处，有时候还不得不通过曲曲折折的盘山路。天已经黑了，要在今天晚上翻越并征服这座庞大的障碍物，几乎没有可能性了。

为此，我们在基本上不了解如何搭建帐篷、如何建好宿营地的情况下，在这具有众多险情的场所，必须就地驻扎过夜了。我把人和马匹分成了三个组，第一组由确吉负责，中间的组由塔里木接手，然后把距离大家稍远处驻扎的一组人，即殿后防守一组的重任留给了我自己。我们在宿营地背后安排了四处岗哨，由他们负责这一整夜的监视、守卫工作。在前方，我们基本上没有受敌袭击的可能性，要说可能遇到突然袭击，也只能是来自于侧面，因此，我们沿着宿营地的侧面设置了十个监视点，还安排了相应的放哨人员，并且必须每隔一个钟头监视一次。雪下得越来越大，渐渐下成了暴雪，连眼前的东西都快要看不清了。情况越来越困难，点燃篝火后，我们才勉强能够确认宿营地内的其他一些场所。这时，从周围传来了野狼的号叫声。我们因时刻可能遭遇狼群袭击而产生了难以抑制的恐惧感。所幸的是，这一夜又平安无事地度过了。

因为雪下得大，道路反而不滑了。这就像是给马挂了防滑掌似的起到了很好的防滑作用，由此，我们终于能按照预定的那样实现今天的赶路计划了。不过，走完计划的路程却花费了从早到晚整整一天的时间。我们把伤员抬在运粮食的担架上时，担架失去了平衡，后面的部分往上翘起，前面的部分却向下沉了下来。对于我们来讲，最困难的就是担架的后边往上翘起来那一部分，一旦那样的话，马很容易向后翻倒，屁股着地，从而失去平衡。而此时，必须用绳子把马向上拉起来，才能让它站稳并起来走路。最终我们又集合到一处，二人一组地朝着距离我们还非常遥远的山峰爬了上去。眼前是一片雪地，还有茂密的灌木林，终日不停的雪积得厚厚的，覆盖在地面上，人、马稍不留心就会陷进雪地里被活埋。实在是困难重重的行程。

又到了傍晚。我们找寻到了一个能宿营过夜的理想的地方。在山的这一侧，我们很幸运地赶上了好的机会，几乎所有到过的地方都可以让我们搭帐篷宿营。最终，在一片宽敞的、没有灌木丛的空地上，我们搭好了帐篷，点起了篝火。由于这个地方被野狼侵袭的危险性较大，我们选择适当的位置，点起了五大堆篝火。我们的伤员一整天都处于昏睡状态，所以我们也想了一些能让他的病情好转的办法，并采取了适当的措施。但遗憾的是，我们所有的措施都没有奏效，他的伤口开始化脓并且感染了。我在早上的时候就察觉到他因伤势严重而开始发烧。夜晚，我负责第一轮值班，当值班结束回来时，我发现他已经离开了人世。我们把他的遗体用皮大衣包裹住，遵照蒙古人古老的习俗把他移到外面的雪地中埋葬了。

第二天早晨，我们早早地就出发了。今天行进中的路况要比以前的好一些，所以我想快点走，多赶点路程，争取把昨天由于倦怠而少走的路程补上。虽然路上积雪很厚，我们还是往前赶了相当距离的路程，并且在傍晚来临之前翻过了山峰的最高处。因此，我们今天应该行进了三十俄里的路程，接下来的道路将越来越好走，因为我们是从山脉的最高处渐渐地向支脉的方向走下去。在接下来的连续几个夜晚，我们都是在积着厚厚的雪、气温在零下四十度乃至五十度的寒冷天气中宿营过夜的。而且，那几天夜里常常有狼群出没，在我们四周总会传来它们狂叫乱吼的声音，我们不得不加倍地警惕野狼的侵袭。然后就这样，一天又一天地，我们接近了下一处适合于人类生活居住的地带——沿着色楞格河流域有牧人毡包的

蒙古西伯利亚踏破记

地方。

有一天，我突然意识到就我的身体素质以及体能指标而言，和当地土生土长的蒙古人，或者说久经风雪磨炼的坚强的旅行者确吉、塔里木等人相比较，我基本上没有克服困难、应对险情的能力。如今，我感觉自己患上了某种病，必须持续服用有解热作用的药物——金鸡纳霜。就我目前的身体状况，每天必须喝一定量的酒，来补充身体中某些物质的缺失。

第二天，我们的道路越走越呈现下坡的态势，肯定是越走越靠近色楞格河流域了，因为空气渐渐柔和、湿润了。继白天单调的行军赶路后，我们在傍晚的时候走出了一段狭隘路段，然后拐弯转向了丘陵地段，然后就从那里看见了河流。眼前出现了光滑的白色冰川，这就是色楞格河。至此，我们基本上再也没有了关于路况的担心和恐慌，因为通过考察我们发现河面上的结冰厚达两米左右。

等我们找到了比较理想的宿营地后，才发现我们已经在河面上行进了一段路程，为此，我们打算在这个地方休息一天。森林一直延伸到河岸附近，这正好是在暴风雪中掩护我们的难得的屏障。在河床上宿营是应对袭击的绝对保障安全的方法，对这一带较频繁的野狼的侵袭也能够较好地监视。我们宿营地的河岸边形成了三十米长的陡坡，坡上有茂密的树林，所以说，我们的宿营地是一个非常安全、可靠的地方。

距离天黑还有一段时间，趁此时光，伙伴们收集到了足够的干柴火并做好了喂养、保护马匹的工作。我们把大木头和行包捆堆积起来，筑成了保护马匹的围墙。我们中最富有经验的一位伙伴预测出了暴风雪的情况。现在风由北向东南方向吹着，两三个小时后雪渐渐地下得大了，风也一阵接一阵地吹卷起来，天空中传来了咆哮声和骚乱的喧嚣声。我们又遭遇了强烈的狂风暴雪。暴风雪越下越大，雪片一刻不停地飞舞，猛烈的寒风将雪片吹到脸上，挡住了我们的视线，使我们连眼前的东西都看不清楚，甚至无法睁开眼睛。我们尽量想办法保护了帐篷的顶。雪下得实在太大，外边放哨监视的人员抵御不了风雪的侵袭都回到了帐篷里，在这样漫天卷雪的天气里还在屋外站岗监视是根本无法想象的事情。我们连防备野狼侵袭的担心也没有必要了，在这狂风暴雪的天气里，野兽们都不知道躲藏到哪里去了。飓风越刮越大，不断地侵袭着我们的帐篷和宿营地，帐篷被强风刮得一阵阵地好像要飞向空中。眼看此景,我们担心帐篷早晚要被强风刮倒,为了稳住帐篷,我们冒着严寒把放在火堆旁的几根大木头搬过来压住了帐篷的底部,并把所有人聚集在一起稳定住大帐篷,由此把二十五人住宿的大帐篷保护起来了。其他人住的帐篷紧挨着我们的大帐篷,我们的帐篷能保护它,它只要能抵抗住少量的风力即可,只要我们的帐篷在,它就没有被大风刮走的担忧。狂风继续顽强地喧嚣着,在这狂风大作的天气里谁都没有想过休息,我经常走出帐篷巡视和照顾马匹。目前值得我们庆幸和安心的是,最起码不会再经历一次在山谷里洼凹处宿营时被活埋的那种悲惨的遭遇。

飓风把雪片波浪似的刮到了我们头上,暴雪借着风力在我们的营地周围疯狂地回旋施暴,点燃的火堆也被风刮得四处乱飞,狂风有时把小行包都吹得似乎滚动起来了。天空时而传来雷声,我们好像听到了头顶上有什么东西被砸坏崩裂的巨大响声。路上遭遇的各种困难、危险,已经将我们锻炼得处变不惊,不管是恐怖的暴风雪,或者是其他的什么,不管发生什么事情,我们都是置若罔闻,能够坦然处之,但是我们的神经依然对周围的一切非常敏感。在我走出帐篷的一瞬间,空中传来令人恐惧的轰隆隆的打雷声。突然,我们的马群附近的火堆熄灭了,大量吓人的粉状雪末将火堆盖住,变成了一堆堆白色的雪堆。交叉堆积好的木头堆被压塌后掉下来,发出了一阵碰撞的响声,继而又恢复了一阵静悄悄的状态,能听见的只有雪被风吹散的声音和从帐篷上面刮过的风声。我大着胆子冒着暴风雪在外面走了几步。在我们营地的周围坡地上,有堆积如山的粗大的干木头,有的干木头根部还带着大量的干土,这些木头眼看着将要顺着斜坡滚落下来。如果这些木头滚落下来,并向我们移动两三米,我们就会被它碾得惨不忍睹。我急忙跑回帐篷里,把外面的危险情况告诉了其他人员,大家迅速动手,将两三根粗大的木头搬过来放在帐篷旁边,加强了帐篷抵御危险的强度。我们的努力也许无济于事,尽管如此,我们还是冒着严寒尽力做好了力所能及的安全措施。其间,暴风雪仍然不间断地咆哮着、肆虐着。在保证我们的安全方面,我们把自己的一切都托付给了命运之神!在这样的夜晚,没有一个人能够睡着。

黎明快要来临了,大风不仅没有平静下来,甚至比以前更加狂暴了。

我们渐渐地意识到，继续待在这里可能会有全体被活埋的危险性。

天终于亮了。到了中午，风还是同样激烈无比地刮在河床上。平常这种大风只要持续刮上二十四小时后就会明显地减弱，并且渐渐地停下来，上次的大风基本上也是这样的。接近傍晚时分，风渐渐地减弱，雪也不怎么下了，到了午夜时分，暴风终于停止了。

我们大家在身临毁灭境地时非常爱惜自身，而在极度的困难面前却毫不爱惜了。我们的休息日不凑巧地变成了繁忙的工作日，因此我们商定在这里再休息一天。那天晚上，我们才真正地放松、休息好了。当晚，只安排两三人在外面放哨巡视，并且每隔一个钟头交替一次。其实在这大暴风雪之后，我们根本就没有考虑过野狼之类"来访"的问题，但是也一直没有放松过警戒。

第二天，我们迎来了阳光明媚的早上。天晴之后，我们才知道从天空下来了这么大量的雪。在河床的好几处，积雪都达到了与河岸一样高的程度，河岸已经被完全淹没了。我们力所能及地把营地内的东西整理了一下，并且为了能走到高地展望远处，在打扫营地内的雪的同时开出了一条登高远望的小路。

塔里木和我又领着三个人出去打猎了，我们是想捕来一些野味改善一下乏味的伙食。我们走向了河岸对边广阔的草原，因为那里的野生动物比我们头上的森林里丰富得多，我认为在那里一定很容易捕猎到野味。大家付出很大的努力爬上河岸，并在附近的树林里走了几圈，不一会儿的工夫就击毙了几只野兔。这里确实有很多雪鸡，接近中午的时候我们已经捕获到了二十六只猎物。之后，我又发现了狼走过的新的脚印，但是这里地域辽阔，视野宽广，所以我们没有感到恐慌。因为积雪太深，兔子根本无法跑起来，所以我们很容易地又击倒了许多兔子。下午，我们肩扛着击毙的二十一只兔子和三十六只雪鸡回到了宿营地，我们的肉食储备一下子就丰富了。我们把兔子分给伙伴们，把雪鸡留下来供明天食用。这一夜也在平平安安中度过了。明天启程后我们要到下一个小驿站——沿着色楞格河流域，距离这里二百五十俄里路程的地方。为了准备这段路程上必需的物资，我们大家都忙乎了一阵子。我的病情一直没有好转，不仅没有好转，而且眼看着身体明显地虚弱了，根本无法像以往那样拼命工作。塔里木看

蒙古草原上的恋人

蒙古西伯利亚

踏破记

蒙古老妇人

出了我的身体状况，为了不让我的身体垮下去，陷入卧病不起的状态，他反复地提醒我要注意身体的保养。在这种情况下，他也没有想过离我而去，没有想过只留下我一个人。我与他约定，我要把他留在手下，今后不管走到哪里，一定把他带到哪里。

第二天起了大早，天亮的同时，我们启程沿色楞格河行进了。现在我们能够快速前进了，给我们带来烦恼的仅仅是时而刮过来的风雪，或者是一些小块儿存水结的冰。我们必须高度注意着躲开这些冰。虽然结了冰，但它能承受多重的压力还是个未知的问题。据我计算，我们再赶十一天的路程就能够到达我们的目的地——买卖城——阿拉坦布拉格前一个站地的商队旅馆。我们打算在那里休息两到三天。要到达那个商队旅馆，我们还要走路况大概相同的十一天的路程，或者说要走大约四百俄里的路程。非常遗憾的是，我的病情一天比一天恶化，我以毫无力气的状态骑在马背上与确吉并列行进，根本无法关照商队的事务。我把所有的事情又一次全部移交给确吉掌管，让塔里木当了他的助手。我的体温渐渐回升，发烧到了将近三十九度，但是，为了和商队一起走到下一个商队旅馆，我一直忍耐、克服着常人难以忍受的痛苦。塔里木早已下定了决心，如果我的病情不痊愈的话，他就留下来陪伴我，他打算等到我的病情好转以后我们二人再赶路完成行程。我基本上没有考虑过身边发生的事情，非常奇妙的是在我眼里，辽阔无垠的雪域平原和永远陪伴着我们的马匹都毫无区别了。不管白天、黑夜，塔里木寸步不离我左右，无微不至地照顾我，所幸的是我们的皮囊里还留存着少量的酒，这些酒或多或少地发挥了抑制我心情沮丧下去，壮大我的意志和勇气的作用。

通过艰苦的行军，我们终于到达了向往已久的商队旅馆。我的体温发烧到了四十度。尽管此时我必须说明情况，但我说不出来，只能静静地躺着休息。幸好我的意识还是清醒的，我冒着高烧，给他们决定了最后的准备工作。确吉曾打算要停止商队的行进，让大家无条件地等待我的痊愈，但是我告诉他不要因为我的病而影响了赶路。最重要、最必要的还是要让大家放心地继续行军。我认为要到达预定的目的地——买卖城——阿拉坦布拉格已经延迟了，所以不能再在半路上滞留。其实从我们进入这段路以来，我什么都没有考虑过，高烧的各种症状让我无法作为。我患高烧发热以来已经有三周时间了，整天缺乏力气，盖着皮大衣卧床不起。这段时间，塔里木想尽一切方法给了我无微不至的照顾。

待我再一次苏醒过来恢复知觉的时候才了解到，经过十天的休息后，确吉把我和照顾我的两人留下，自己领着商队出发赶路了。他非常希望留下来的我们能够尽量早日赶到预定的目的地——买卖城——阿拉坦布拉格。并且他到了目的地后，马上就返回来迎接我们。过了八天，我的体力还是不允许考虑继续赶路的问题，不过，我的病情渐渐地开始有了好转。在我恢复知觉后的第十天，我开始了将这次充满艰难的旅行的最后一段路程走完的准备工作。天气还是相当寒冷，所以，还可以在色楞格河的河面上继续赶路，我们没有必要沿着河岸连绵的斜坡丘陵地赶路。

我们留下的三人牵着六匹马，带着帐篷和足够的粮食、饲料，趁着风和日丽的好天气，每天走三十乃至四十俄里的路程。我们预料，如果不发生意外的话，大约十天后就可以到达买卖城——阿拉坦布拉格。可是，现

蒙古西伯利亚

踏破记

在遍地仍然是厚厚的积雪，河床基本上还是被积雪覆盖着的状态。起初我们还没有遭遇野狼等猛兽，但是从第五天到第六天的夜晚，我们被一群接近我们宿营地的饿狼骚扰了一夜。我们一整夜没有合眼，塔里木和另外一个伙伴果断配合、相互援助，同时不断地鸣枪、射击，最终保护了我们。

第八天，我们看见了从遥远的对面骑着马来迎接我们的人，不一会儿，我们就看清了那是确吉领着另外三个伙伴正朝着我们走过来。他说，如果途中碰不到我们就一直走到我们分手的那个宿营地。我们小别重逢，都是喜出望外，高兴极了，相聚过了一个平静的夜晚之后，又继续了我们的行程。

一路上确吉告诉我们，他领着商队平平安安地到达了买卖城——阿拉坦布拉格。然而，在到达之前的一天夜里商队遭到野狼袭击，损失了两匹马。尽管如此，老天作美，这几天天气一直很好，经过十天相当辛苦的旅行，在我们眼前的地平线上浮现出了买卖城——阿拉坦布拉格市镇的影子，由此告知我们，充满艰险的旅程将要结束了。

在买卖城——阿拉坦布拉格，我对确吉从科帕尔（kopal）到这里一路上对我的诚心诚意表示了衷心的感谢，作为纪念，我还送给他一把手枪。回想起来，在这几个月的时间里，我们曾经在风雨中，在冰天雪地里，在遭遇野狼的危难存亡之际，在生死攸关的关键时刻，同患难，共生死，共同把生命财产保护下来了。对于我来讲，与知心朋友分别是件痛苦的事情，因为只有面临危难的关头，只有在人和人相处的时候，才能了解对方人品的伟大和高尚。确吉以他自身的言行证明了这一切。他对我这般忠心耿耿，如果我解雇他，只能说明我是一个忘恩负义的人。我曾经与他约定过，将来我践行下一个旅行计划，要去东北西伯利亚旅行时一定会带上他。因此，为了消除艰苦旅行所带来的身体的困乏，我们打算在买卖城——阿拉坦布拉格长期休养一段时间，好好地放松、恢复一下身体。

买卖城——阿拉坦布拉格是位于蒙古与西伯利亚交界处的北疆城镇，是连接两大国的极富活力的纽带城市。在这个城市能碰到蒙古人、中国人、西伯利亚人和俄罗斯人，也能看见各个民族的人身着五颜六色鲜艳的民族服装的形象。

我们可以把买卖城——阿拉坦布拉格称作远东全部商品固有的集散地

和交易场所。吉尔吉斯人和塔塔尔人从遥远的大草原把羊毛等畜产品运到这里进行交易。驮着沉重的茶叶捆包的蒙古商队翻越荒凉的山脉从远方赶到这里进行茶叶和其他所需货物的交易，他们往往在沙漠中穿行几个月才能来到这里。有时隐藏在周围山脉中险要地方的盗贼们为了购买武器弹药也现身于此，不过，谁也不可能认为他们就是盗贼路霸，因为他们把自己伪装成和平、温雅的旅行者。从北方西伯利亚草原地区来的当地居民主要是出售熊皮、羊毛、奶酪、马皮等产品或者狩猎所得的珍奇物品。

一天又一天，时光在流逝。商队每天或在荒凉山脉中翻山越岭，或在炎热的日光下穿越沙漠，他们就这样长年累月地往返于目的地与出发地之间。

在蒙古，就像部族与部族之间有着千差万别一样，自然风景也是千姿百态、各具风采。有时在高高的山脉间行进，但是立刻可以走出山脉进入沙漠或草原。比山中的暴风雪更厉害、更恐怖的是沙漠中的沙尘暴，在沙尘暴来袭之前，不赶紧把握时机到达营地住宿的商队将会面临悲惨的结局。面对沙尘暴，商队只有聚集到严格封闭的宿营地避难才能免遭全军覆没的危险。尽管如此，他们还是经常遭遇到在宿营地被流沙掩埋之类的危险，小规模的旅行者常常还损失生命和财物。在沙漠中穿行，沙粒可以说是无孔不入，眼睛、鼻子、嘴、耳朵等，都会因为进入沙粒而无法忍耐。沙粒还会透过衣服触到皮肤，给人造成无法忍受的可怕的瘙痒和剧痛。

商队有时在露天的草原上连续生活几个月，牵着马和骆驼等牲畜步行，期间这些家畜仅仅靠吃一些草原上的草来生存。从这个角度上来讲，人的生活与家畜的生活基本没有区别。他们在这连续几个月的时间里，或伴随着冰雪、暴风雨、沙尘暴，或是在炎热的天气中重复着蓝天白云下的露天生活。由于长年在外过着旅行生活，他们的性格变得就像大小孩似的，有时候粗暴地哭叫，有时候狂欢傻笑着渐渐地靠近村镇。

然而，草原上的人们也像商队的人员一样极其寡欲谦逊。他们远离文化生活，身穿满是虱子的皮毛衣裤，并且把那些毛皮就像他们自身的皮肤一样看待。他们过着俭朴的生活，几百年、几千年来都是依靠寂寞的商队运来的货物补给生活。和草原上的人们长期一起生活的人都能够了解到，他们是非常热情、非常容易接近的居民。从外观上来看，蒙古人对所有的

蒙古西伯利亚踏破记

外来者来说似乎都是不易接近的，然而，一旦了解了外来者，熟悉了外来者的为人、修养之后，他们的态度马上就会发生改变。就像这个国家本身的神秘莫测一样，这个国家的国民也由于与外界隔绝、孤立生存在自己的国家中而充满了神秘的色彩。另外，长期生活在高寒荒凉的山脉地区，对各地居民风俗习惯的形成与保存也起到了决定性的作用。现在这个国家的各个方面仍然与成吉思汗时代一模一样，一点都没有发生变化。这种状态今后可能会永久存续吧。对于有着古老的法律、道德及习俗，远离现代文明与设施的这个国家的人们，还是赋予他们一个根本的、神秘的并且难以定义的特征属性。另外，他们也有自己的信仰，也有因为部族不同而伴随的不同信仰的秘密。然而，他们也是多神教教徒，也是佛教徒，也是拜火教徒，还崇拜各自部族的祖神。要解开围绕这些部族的宗教的神的面纱依然是同样的困难，对于亚洲民族来说一些不解的疑点，他们也是同样共有的。他们就像后腿被锁住的猛兽，然而也有跳跃起来的准备。他们已经睁开了面向前方、面向目标的眼睛。为了剥开这层不解的面纱，我们已探索了好几个世纪，今后也许还需要再用几个世纪去探索、找寻吧。

塔里木、确吉和我坐在发出"哗——哗——"响声的俄式烧水壶旁边，回忆起了已经过去的那段难以忘怀的困苦艰难的日子。

我们之间的真情真意用一句蒙古人的古老谚语可以证明。

"如果你是我的朋友，我也正好是你的朋友。"

第二篇

横穿西伯利亚大草原

1 初秋的一个风和日丽的早晨

对于俄罗斯这个国家来说，仅仅从列车的窗口观望、了解的人，对于这个国家的美丽可以说一无所知，也可以说，对于这个庞大的国家浪漫的地方一无所知。只有在这个国家长期生活过的人，经历过西伯利亚一望无际广阔的旷野的寂寥、沉郁以及悲哀的人，体验过草原上狂风暴虐的人，经历过这些并不能忘记的人，才能懂得这个国家的美和奇光异彩。只有游历者、探险家，还有世界漫游者，才能看见草原上人们那带有野性的、原始的本色形象，因为他们懂得，只有离开旅行者们习惯通过的道路，踏进较远的草原深处的人们的生活区域内，才能了解到草原上的人生活的自然状态和本来面目。他们会说欧洲、俄罗斯非常广大——然而读者们基本都了解它，可是，对于远离西伯利亚铁路主干线、有游牧人生活的草原地区，我认为只有极少数人才会知道吧。

我首先从莫斯科出发，途经叶卡捷琳堡，翻越乌拉尔山脉，去了西伯利亚的车里雅宾斯克。我在此暂时中止我的旅行，休息四周之后又离开这里，继续我的旅行。我打算到达海参崴。但是，我从车里雅宾斯克开始取道南下，穿过吉尔吉斯草原，去往塞米巴拉金斯克，并在此滞留了一段时期。从车里雅宾斯克到塞米巴拉金斯克路途非常遥远，此段路程没有铁路，只用三套马拉的雪橇（注：冬季为雪橇，其他季节里是三套马车）来当公共班车，听说这种马拉雪橇的交通工具经常因迷路而耽搁游客的行程计划。我的此次旅行也曾受到过同样的影响，到达目的地也许要花费几个月的时间。

初秋的一天，一个不在草原上就根本无法体验到的清凉且风和日丽的早晨，我乘着三套马拉的班车，向着南方启程了。草原在我的眼前一望无

去草原的蒙古人

用草原上的草搭建的圆顶小屋前的吉尔吉斯妇女

际地延伸、扩大……从车里雅宾斯克的市区一出去，眼前看到的竟是浓雾中蒙蒙胧胧的景色，马精神饱满地拉着车，沿着长长的主干道大跨步地跑了起来。

这里供旅行用的马拉班车是有着长长的手扶栏杆的轻便的车辆。手扶栏杆的前方是车夫和旅行者乘坐的座位，后边也有两三个人的座位。这种交通工具是用三套马拉的，所以起名叫三套马车。在这个国家，不像在西欧旅行时那样，只带供两三个小时或一天使用的物品就行了，一旦出去旅行，少则几日，多则好几周，持续在外吃住，所以必须随身携带这期间需要的所有东西。当然，这也是因为常常在人烟稀少、广袤无垠的草原上行路或过夜而不得不带的所需物品。帐篷、厨房用具等装着旅行用品的大行李包就是普通的旅行行李，所需的粮食有时随身携带，有时食用商队旅馆提供的粮食。在商队旅馆，可以每天同时交换马，旅行者也能在此吃住。

在商队旅馆，你能目睹所能想象到的各种各样的情景。骆驼驮着各地

蒙古西伯利亚

踏破记

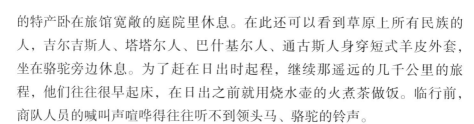

的特产卧在旅馆宽敞的庭院里休息。在此还可以看到草原上所有民族的人，吉尔吉斯人、塔塔尔人、巴什基尔人、通古斯人身穿短式羊皮外套，坐在骆驼旁边休息。为了赶在日出时起程，继续那遥远的几千公里的旅程，他们往往很早起床，在日出之前就用烧水壶的火煮茶做饭。临行前，商队人员的喊叫声喧哗得往往听不到领头马、骆驼的铃声。

所以说，草原上的一天既不是尴尬、失望的一天，也不是什么单调无聊的一天，而是就像商队旅馆的光景那样多样、繁杂，商队人员每天要走过的路程也是多彩多姿的。时间在悄悄地逝去，太阳已经高高地升起，车夫坐在座位上眯上眼睛睡着了，马匹仍毫无厌倦地径直跑着自己的路。通过天长日久的往来行走，马已经习惯了这条路，基本上不用车夫指示，自己就能认路。午休时间为半个小时，利用这个机会，可以各自在草原上随便休息、放松，午休后继续当天计划的最后一段行程。拉车的矮小的马匹吃的干草料虽然比较少，但都非常有力气和耐性，这些马每天只需喂少量的干草料。不管艳阳高照还是刮风下雪，也不管是零下四十度乃至零下五十度的寒冷天气，从年初到年终，年复一年，几百年来商队一如既往来于同一条道路上。

草原上的人们将他们的产品运出去进行交易，互通有无。在草原上，有时赶路一整天也赶不到有人烟的地方。远离大道的远处地平线上，显露出一个个小点，那是吉尔吉斯人或塔塔尔人居住的圆顶小毡包，当地人把那些小毡包叫作"奥尔杜"，即住宅，这些小"奥尔杜"散落在草原深处的各个地方。当地人过着游牧生活，为了让畜群吃好草、喝好水，他们要寻找最好的水草，常常从一个地方转移到另一个地方。另外，他们也有自己不成文但必须严格遵守的法规。那就是：各个部族、部落之间互相保证各自居住和土地利用的范围。草原上居民的风俗习惯因民族、部族不同而有所区别，但他们都没有贪欲、粗犷，却有着大自然般坚毅的性格，与人友善到最后一刻，必要时他们会变得像同生死、共患难的亲兄弟一样亲密无间。这就是吉尔吉斯人。

2 吉尔吉斯人

吉尔吉斯人住在圆顶小毡包里。这种圆顶小毡包是将长度约为两米的木棒交叉成十字形，用绳子连接在一起围成圆圈，然后在正中间立一根柱子，上面用屋顶的毡子压住而成。屋顶中央开着一个孔，既是用来采光的天窗，又可以放走屋里炉子的烟。底部直径约为六米的圆顶毡包的上、下、内、外全部用厚厚的毛毡子遮盖，在背风的一侧留有一个与人的身高相近的出入口——门。备有各种毛皮、毡布以及陶器的这种圆顶毡房里，居住着全体家庭成员，老人居住在一侧的角落里，另一侧则是年轻人和孩子们居住。

吉尔吉斯人不论男女，一年四季就穿同一件衣服。这里的人不知道换衣服，只有在旧衣服破得实在不能穿时才会换上新衣服。

吉尔吉斯人有着与衣物的穿着基本相似的生活习惯，即他们在生活方面几乎没有什么贪欲。牛奶、奶酪、肉以及面包等等，几乎是所有草原上居民的主要食物。除了牛奶以外，提供奶源的首当是马。草原上的人最喜爱马奶，因为马奶的味道最美。吉尔吉斯人几乎每日三餐都喝奶，另外还吃玉米、糜子之类的面食以及风干马肉、羊奶做的奶酪等。他们将马肉、羊肉、驼肉自然风干后不再加热、烧烤就直接食用。

草原上没有做燃料用的干木材，所以他们的燃料供给必须是除了树木以外的其他物品。他们经常收集驼粪，将其堆成圆堆，通过自然风干后再堆成大堆，保存起来做燃料用。吉尔吉斯人的家庭生活与其他草原人的生活一样非常原始。男人几乎都从事户外劳动，在草原上放牧或狩猎。夏季他们以狩猎野兔、野鸡为主，冬天以捕猎老虎、熊、黄鼠狼等野生动物为主。妇女则在家做家务、照看孩子等，家务主要是做饭、调理食物。一般

家庭都是由十到十五人组成的大家庭。

家庭生活一般都是在圆顶小毡房里度过，包括炊煮等厨房事务及其他一切家务活动都在毡房里进行，有时大小便也都在毡房里解决。草原虽然日趋贫瘠，但草原上的居民被磨炼得非常坚强而又有耐力。妇女生下孩子后仅仅休息两到三个小时，就像常人一样在草原上骑马或走路。吉尔吉斯人不懂得什么叫得病，他们一旦生病就放任不管，是恢复健康重新站起来还是因病情加重而死亡，一切顺其自然。

3　从阿克莫棱斯克至塞米巴拉金斯克

　　像我们眼前的草原无边无际地延伸、扩展一样，我们的前程也是无边无际的遥远。同时，我们眼前的光景也始终是一样的，草原——无垠的苍茫大地，还有那蓝天、白云、商队人马、牧民的牛羊群以及草原上苍狼的号叫声。

　　经过几天的旅行之后，我们到达了阿克莫棱斯克。这座小镇离伊希姆河发源地较近，以吉尔吉斯人和塔塔尔人为主体，约有一千人，其中吉尔吉斯人占大多数。这里能看见的住宅主要是倒塌破烂的木造房屋、圆顶小毡房，还有泥、草筑起的小土屋等等。小镇的街道走几步就能走到尽头，而且一下雨街上的积水就深达膝盖，人们出门上街不得不蹚水穿行。这就是这座草原小城的风景。夏天，尘土飞扬，到处是垃圾，在四十到五十度的高温中，呼吸几乎都要停止。冬季，积雪深达掩埋房屋的高度，在零下四十到零下五十度的寒冷中，镇上的人们几乎与外界隔断。市民们虽然感到十分不如意，但都无可奈何地过着艰难的生活。

　　俄罗斯商人将商品运到这里做买卖，商品交易、物物交换在这里仍然非常活跃。在这里，草原赋予的各种产品都能交换成所需的各种物品。

　　虽然伴有旅途的疲惫，但我没有考虑休息就决定继续旅行，赶到塞米巴拉金斯克。离开阿克莫棱斯克后风景有了些许变化，虽说大体上还是草原风光，但来到这一带好像稍微有了山区风景，草原也变成了沙地。随着海拔上升，草越来越少，接近阿尔泰山脉了。草原向南扩展到塔什干，可是，往东南和东面走，就渐渐变成了高地和沙漠，来到这里就能明显地感觉到已经是阿尔泰山脉的支脉了。道路是反复上坡或下坡的山路，已经没有平坦的地方了，取而代之的是漫长的沙地与土质比较肥沃的土地交替出现。在路边我看到了两三棵树木，居民的相貌也和之前遇到过的居民的相貌截然不同了。居民的精神面貌和小房屋的简陋不堪渐渐显示出，已经接近蒙古人的居住地了。这些草原边缘地带居民的生活比吉尔吉斯、塔塔尔等民族的人更加原始、质朴。看，他们的整个住宅仅仅由一个开着洞口的土堆构成，有的土堆上堆满了木板、石头等，据说那是为了防备雨雪将土堆冲走。

经过连续五天的草原之行，我到达了额尔齐斯河上流的塞米巴拉金斯克，从这里能坐船走水路。塞米巴拉金斯克这座城市坐落在阿尔泰山脉的一个山脚下，是西伯利亚的商业中心城市鄂木斯克的东南门户。阿尔泰山脉前端的地方中数这一段山地最险峻、巍峨、壮观。塞米巴拉金斯克市区周围多沙地，这座城市就像一处绿色的斑点，呈长条状镶嵌在沙漠之中，只有在发源于遥远的阿尔泰山脉的额尔齐斯河沿岸能看见绿色，此外都是沙漠。不过一直到阿尔泰山脉为止，这条河沿岸地区的土地是极其丰饶的，这，正是沙漠中的绿洲！这块绿洲就像一条绿色的带子穿过沙漠，一直延伸到阿尔泰山脉边缘。流域沿岸的居民以渔业为主要产业来维持生活。当然，一部分居民还是以畜牧业为主要产业。在阿尔泰山中的河流上游，可以看到吉尔吉斯人、塔塔尔人、俄罗斯农民以及蒙古人的居住地，他们在高原地区过着极其艰苦的生活。这座山冈巨大而险峻，几乎无法翻越过去，河的上游有一个大瀑布，那瀑布的声音从很远就能听见。就像这条河流中的激流一样，这里居民的性格粗犷而充满激情。这里的草原伟大、粗犷、寂寥，是一个无边无际的大地块，它在大山脉的边缘地带，无时无刻不在变化着，同时隐藏着危险。针对其危险，当地居民不得不做武装防备。

这里的草原，不管是夏季那阳光普照的白天，还是冬季那严寒寂寥的白天，都极其安全、无险情，但是，到了夜晚就会变得极其危险。这里的草原或沙漠里不仅有野狼，而且在阿尔泰山脉中拥有庞大巢穴的西伯利亚虎也经常出没。在夜间，经常会出现牧场的羊、骆驼等家畜被猛兽袭击，甚至咬死的惨状，有时老虎全家出动侵袭家畜群，使人们的财产损失殆尽，苦不堪言。

草原上昏暗的夜晚，老虎的吼叫声和野狼短而凄凉的哀号声阵阵传

塔塔尔人和吉尔吉斯人共同的家畜——骆驼

草原居民的圆顶小屋上盖的动物毛皮

来。这些声音对于经历过的人，无论是谁，都会留下惊悚、战栗的记忆。

这里不仅有许多野狼、老虎，在阿尔泰山脉险峻的地方还有棕熊的栖息地。这里的棕熊粗暴而令人恐惧，它们经常从巢穴里出来，走出峡谷去远处侵袭掠夺。这里的人非常彪悍，甚至粗暴，不屈服于任何侵袭和骚扰，因此，他们成为这个地方的霸者和守护者。然而他们对外来的旅行者却给予最大的热情和款待，他们能把十分珍贵、失而不能复得的东西与旅行者共享。一旦来到他们中间成为客人，必须从内心深处真正地信任他们，不能表现出丝毫的疑心，否则，将会招致他们的猜疑而给自身带来不堪设想的危险和后果。

有一天，我在旅行途中来到了一个被高山、峡谷环绕的小村落。那里的季节像是冬天，高处正在下雪，夜里袭来了刺骨的寒风。我骑着旅行用的骡子，因生病而不能赶路，不得不进村子寻找一个地方休息两三天。

这个小高地因盗匪路霸多而著称。夜里很晚才来到这里的我被当地人拿手枪逼着，先把骡子牵到了一个像马棚似的地方。我的武器被缴后，在他们的严密监视下，我被带到了村里的长老那里。在这里，我经受了长时间的审问。这是因为我不懂蒙古语，所以审问费了很长时间。经过长时间的询问、谈话，他们最终看出我只是一个单纯的旅行者，绝对是一个只有和平、友好意图的人，只是一个对这里的风土人情感兴趣的人而已。为了获得长老的进一步信任，并让他们更加了解我的意图，我与他们约定将我随身带的一支手枪送给长老。现在最要紧的事情是把骡子要回来，并让我携带最低限度的防身用的武器。为了让我住宿，他们给我指定了一个房子，但那房子里根本什么都没有，破破烂烂的，有的地方已坍塌。最初的我虽然被他们冷落，受到了敌视，但得知我的骡子得到了很好的饲养与照顾，我便尽量在心里宽慰自己，休养着困乏而疲惫不堪的身体。

阿尔泰山中的夜晚漫长、狂暴而阴郁，并且极其寒冷，从远处传来的野狼的号叫声、饥饿的老虎的吼叫声等野兽骚乱的声音令人毛骨悚然，而且与白天相比，那音量更大、声音传得更远。不言而喻，给人的感觉更加强烈、阴森。

黎明时分气温更低，冷得根本无法入睡。为了确认能否继续旅行，我打算先去看看我的骡子和它所在的地方。非常遗憾的是，我必须放弃继续旅行，因为等骡子的身体完全恢复还需要两三天的时间。在返回住处的路上，我遇到了几个全身武装、粗鲁狂野的人。在清晨的微亮中，我还没来得及看清楚，就猜测他们肯定是打早远行去干那些抢劫掠夺的勾当。然而，我猜错了。经过仔细打听我才得知，他们是要去捕猎棕熊。当然，我很想一同去，他们理解并完成了我的心愿。待我武装好，带了一些粮食后，便跟着由族长带头，其他人尾随其后的猎队开始了行军。猎队总共由六人组成，还带了四条草原大猎犬。

蒙古西伯利亚
踏破记

4 捕猎棕熊

我们穿过深深的峡谷后，一会儿向上爬，一会儿又走下坡路。在山间迷宫中越爬气温越低，天气冷得吓人。迷路好几个小时之后，我们来到了一块被软绵绵的薄雪覆盖了的空地。虽然途中我们看到过各种各样的脚印，但其中并没有棕熊的脚印，捕熊猎人司力伯伊还在各处寻找了一会儿，并没有看见熊。中途飘起了零星的雪花。过了一会儿，我们面前出现了棕熊出没的脚印，我们顺着熊的脚印跟踪了一阵子，走到了灌木丛边。我们在灌木丛前面停下来，司力伯伊领着猎犬在附近四处寻找，因为熊的脚印已经丢失无法跟踪了。不一会儿，从一块空地的另一侧传来了猎狗的吠叫声，狗好像闻出了那里有熊的巢穴，兴奋、激动地吠叫起来。我们绕道走到狗的跟前，司力伯伊正站在一个洞穴入口处。他认为，根据狗的叫声情况，熊就在这个洞里。这个洞穴的入口处较大，而里面显得很狭窄，也许只能进去一个人。从我们之前看见的脚印推断，这是一只较大的成年熊，从洞穴入口处附近的岩石上掉落的熊毛也能看出这一点，肯定错不了。为了将熊引诱出洞，我们把狗放进了洞里，不一会儿就听到了猎狗激烈、恐慌的吠叫声和熊粗犷的低吼声。由此我们可以确认，猎狗已经找到了洞穴里的熊。吼叫声越来越大，渐渐地接近了洞口，这可能是熊在抵抗外来的袭击者，或是想从洞里跑出来逃走。之前就开始下的雪已经越下越大了，为了捕杀这只熊，我们必须在洞穴的入口处布好阵。

因为我拿着最好的枪，所以就倚靠着洞口旁边的一块岩石角等待时机，其他三人站在对面的一个角落，端着猎枪等待熊走出来。当我刚把弹药安装好的时候，猎狗以闪电般的速度跑了出来，紧随其后出现了熊的身影。这时雪下得正大，天色也已昏暗，从而影响了我的瞄准。当我勾动扳机射击时，熊已经大声吼叫着向另一侧急转身，在飞雪中迅速地逃走了。遗憾的是，我的子弹偏离目标飞了出去，而其他伙伴们连一枪都没来得及射出。

但从熊的脚印可以看出熊中弹受了重伤，并流着血，我们立刻尾随其后。冬天的傍晚，夜幕很快就降临了，周围也渐渐变黑了。雪虽然暂时停止了，但冷空气随之而至。我们点燃松枝当火把，借着光亮继续向前行。沿着山谷往下走了大约半个小时后，我们看见了地上有一大片血迹，很明显，这是受伤的熊难以忍受疼痛而在地上打滚留下的痕迹。看来我的子弹命中了它的要害部位。

突然，在前面的一个大块岩石角上，猎狗激烈地大声吠叫起来。好像是发现了熊的踪迹，但没有一条狗敢靠近。司力伯伊和我小心翼翼地绕道来到狗的跟前，刹那间，熊大声吼叫着立起身扑了过来，狗吓得立刻躲到了我们身后。很明显，一只比我们的身体还要大的熊，正处于生与死的苦闷中，它面对着我们站起身扑了过来，想紧紧地抱住并憋死我们。就在那一瞬间，司力伯伊抽出半米长的匕首向它胸部捅了过去，熊使出最后的力气死死地抓住了司力伯伊的右肩，撕裂了他的皮和肉。熊发出震颤、恐怖的声音，并从咽喉里喷出血，最终倒在了地上。很凑巧，我随身带着绷带纱布，马上从司力伯伊的伤口里取出衣服的碎片等污物，并用雪洗净了伤口，然后给他扎好了绷带。

蒙古西伯利亚

踏破记

5 暴风雪

不一会儿，天已经完全黑了。因为离开小村来到了很远的地方，已经没办法马上回去了，我们决定点起篝火，在篝火旁宿营过夜的同时，派一个人回村子里叫来几个人运走打死的熊。我和司力伯伊两个人守在熊的旁边，其他人去拾来了干树枝。我带来的仅有的一点粮食已经不足了，所以我将熊的一只前掌割了下来。熊熊大火燃烧起来，我们将熊掌扔进火里，准备吃美味的烧烤熊掌。周围被神秘而深深的夜幕包围了，野狼的号叫声阵阵传来，仿佛近在眼前，我不禁打了个冷战。

篝火旁边站立着形象奇怪的人、堂堂正正地收获猎物的阿尔泰山中冬天的夜晚，这些是多么难忘的回忆啊。深夜，我们派一个人值班放哨，其他人睡觉，就这样到了天亮。我依旧很怀念前一夜的烧烤熊掌，多么美味可口啊！早晨，我们把剩余的熊掌肉当作早餐，并喝了果酱茶，稍微休息了一会。突然，狗的叫声向我们告知了从村子里来的抬熊的人已经来到。我们帮忙一起把熊放在简易的担架上，扛着担架踏上返回村子的路。我们打算在天黑之前赶到村寨，谁也没想到我们又遭遇了一场突如其来的暴风雪。还没有走到半路，就下起了雪和冰雹，还刮起了大风。在实在无法往前赶路的情况下，我们找到一个临时避风场所，休息了一会儿。但没过多久，我们周围的积雪已经达到了一米多深，洁白的雪将周围的一切都覆盖住了。暴风雪越来越凶猛，我们的避风地、山峰周围传出阵阵恐怖的呼啸声，我们躲到一块岩石的背风处坐了一会儿。现在既没有火，又没有食物，大家都冷得快要被冻僵了。不仅如此，我们避风处的一多半地方都被雪覆盖了。为了生存，我们只好冒着寒冷，将堆积在避风处的雪清理到外面去，否则，在巨大的岩石旁边被雪埋没从而悲惨地死亡是毫无疑问的。

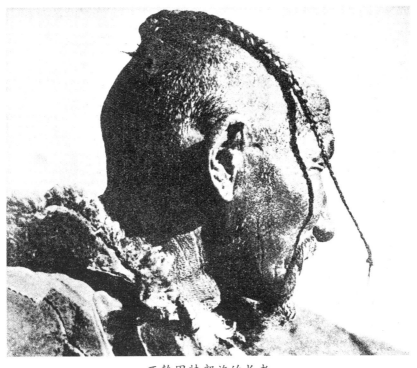

兀斡固特部族的长老

对自己的命运很满足的吉尔吉斯妇女在做奶酪

蒙古西伯利亚

踏破记

　　暴风雪持续了好几个小时，时刻都能听到周围的树木被暴风雪压垮、吹断而发出的声音，而且四周什么都看不见。我们心里只有一个念头，那就是绝不能在这个地方冻死，我们抱着求生的欲望，与不断袭来的暴风雪展开了几近绝望的抗衡、决战。我从未在旅行途中经历过如此严酷的狂风暴雪，我的同行者们也都说这么严酷的暴风雪确实非常罕见。

　　到了后半夜的时候，雪渐渐地停住了，可是，狂风还是没有停下来。我们为了在比房子还高的积雪中走回村子里，用木板、木棒当作除雪的工具，从避难地开始除雪开路。快要天亮的时候，我们打发一条狗回村子里替我们寻求救援，之后，我们就像老牛慢腾腾地走路一样，极其缓慢地前进着，曾好几次陷进深深的积雪中，又爬起来。我们两个人在前面走，两个人在中间走，抬着熊的两个人跟在后面，虽然艰难地移动了好几个小时，但发现只走了一小段距离，这足以说明我们移动得有多慢。就这一段路上付出的艰辛是难以用笔墨来形容的。

　　我们终于走到了像一条道路的地方，并且沿着这条道路能稍稍轻松地向前行进。中午时分，与救援者们相遇时，我们已经筋疲力尽，处于十分憔悴的状态。于是，我们与救援的人们一起休息了一会儿。休息时大家喝了白兰地酒，又吃了肉，如此一来，大家的体力才有所恢复，然后又继续完成剩余的路程。

　　我们到达村子后受到了热烈的欢迎，村民们都以为我们下落不明已经回不来了。对于这里的人们来说，猎获熊是一件非常稀有的事情，趁此机会举行了一场隆重的庆贺仪式。在全体村民参加的庆贺仪式上，人们把熊皮剥掉，取出内脏，用铁丝串烧了熊的大腿肉，举办了全村的熊肉大宴。村民们都放开酒量大吃、大喝、大醉，然后跳起了他们粗野而富有幻想色彩的传统舞蹈，最后在大吃大喝、乱醉狂舞、狂呼狂喊的热烈气氛中结束了宴会。我也感到非常高兴，和大家通过音译、手语进行了一番交流，并在大家散去之前先回自己的小房子休息了，这样既不伤害他们款待我的热情，又能按照自己的想法休息一会儿、放松一下。我不禁感叹，能做到这般程度实属不易啊。

6 走商队大路

经过这两个夜晚的熬夜，平时精力充沛的我像死人似的睡了好长时间，一直睡到第二天下午才醒过来。为了明早能逆流而上继续我的旅程去塞米巴拉金斯克，我准备好了骑乘用的骡子。天还没有亮，月亮还挂在西边的天空中，我带好足够两三天吃喝的熊肉和伏特加酒启程上路了。曾以非常冷淡、敌意的态度迎接过我的房东等人把我送到了半路上，并赠送给我纪念品和一些盘缠，然后挥手告别了。

两天后，我已经翻越了一座巨大的山脉，道路渐渐向沙漠、草原地区延伸而去。在草原的边缘地带，我将骑乘的骡子出手卖掉，换乘公共马车奔向了塞米巴拉金斯克。为了能缓解这几天的旅途疲劳，我在塞米巴拉金斯克休息了几天。随后我将旅行用品全部换成了新品，衣服也换成了新的，又购置了一些粮食。这样，一周后，我又继续了我的旅行。经过了数日马车上的颠簸，我离开商队道路，走进了一个散在的居民区。那是一座有特别大的教堂的小村庄，教堂圆葱形的尖塔混杂在塔塔尔人和吉尔吉斯人的圆顶小毡包群中，从很远就映入了眼帘。

在远处的地平线上，有一支骆驼商队，他们不知去向何处，正静静地往前行进着。来到这里，交通就比较繁忙了。马车与当地百姓的小拉货车混杂在一起，母牛、骆驼、马匹等村子里的家畜都由主人牵着送往牧场。

日落前，草原那无边无际、辽阔博大的形象给人一种难忘而舒适的印象，而日落后，很快变成夜晚的昏暗。在走向"无"的无限的变化之际，人不由自主地站在了大自然博大、壮观的真相面前，在那无始无终的空间，昏暗在沉重地呼吸着的草原上空的苍天上画着一个圆圆的弓形。夜晚的草原十分沉寂，就像幽灵一般浮现在苍天下。这里，有比温带的星星还

123

蒙古西伯利亚
踏破记

要亮的星星给草原上的居民指引着方向，然而，悲惨的是无依无靠地在草原上迷失方向的孤独寂寞的游历者。在他最终的去处，没落衰亡的命运还在等待着他们。许多由二十甚至三十辆货车，或者骆驼组成的商队在旅行，他们以此在野兽的袭击中保护自身的安全。另外，他们不敢在夜晚赶路，只在白天行进。商队道路上，每隔三十俄里的路程就有一处商队旅馆，这正是按照一天的行程设置的旅馆，有的能容纳十组乃至十二组的商队人员入住过夜。冬天的旅行比起夏天的旅行要危险得多了，冰天雪地的大草原隐藏着种种危险，而不熟悉情况的人对冬天的草原是一无所知的。

乘坐汽船在额尔齐斯河上航行的旅行者眼前，经常出现让他们联想起东方的文明地点。那些文明地点在他们面前展开了多样化的、梦幻般的光景，而这些光景随着时间也在发生着变化。额尔齐斯河两岸的地势非常高，而在那里，星星点点地散落着草原上比较原始的村落。

7 冻土地带

通过几天的旅行，前方遥远的地平线上出现了鄂木斯克的城市景象。西西伯利亚最大的城市鄂木斯克坐落在无边无际的大草原中，是这里的的商业中心。整个城市的形象就像俄罗斯普通的地方城市一样，矮小的木造的俄罗斯式房屋比较多。在西西伯利亚铁道沿线，鄂木斯克市以其活跃、繁荣的过货贸易为特征，显示着其位置和地位的重要性，各种政府机关都在此设有代理机构，也有较好的学校。在革命运动爆发之前，鄂木斯克是县政府的所在地，市民几乎是以东方的多民族杂居为特征，但仍然以俄罗斯人占多数。

街头的风景多姿多彩，既有穿着羊皮外套的吉尔吉斯人，又有穿着漂亮的上衣、头上扎着五颜六色头巾的塔塔尔人，还有显现出粗壮身材和紫褐色脸盘的、穿着又大又肥服装的蒙古人。鄂木斯克是草原的中心，这里到处呈现出浓郁的生活气息。这是因为，首先，这里通了铁路，其次，这里是南来北往的商队的必经之地。

吉尔吉斯人将自己的产品——大部分为毛皮——用骆驼驮着运到这里，进行交换，然后购置必需的日用品回去。通古斯人将纯正、珍稀的毛皮和晒干的鱼带到这里进行交换，然后购买农具、猎具等来满足生活、生产所需。鄂木斯克还因为额尔齐斯河在此能搞水运而具有比较活跃、繁荣的船运交通。这条河流不是在其全部流域都能行船搞水上运输，汽船运输业只在塞米巴拉金斯克和托搏尔斯克两地之间运营。发源于阿尔泰山脉的额尔齐斯河贯穿吉尔吉斯草原，流至鄂木斯克后开始急转弯，流向东方，然后在通古斯草原上转弯流向东北，与注入北冰洋的鄂毕河合流。

我最初的打算是去海参崴，但是，我不得不在鄂木斯克改变旅行计

蒙古西伯利亚踏破记

125

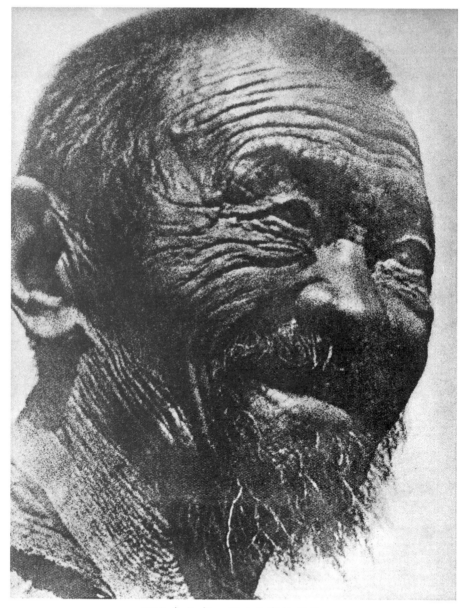

阿尔泰山中一百二十岁的老翁

高价出售猎物后暗暗自喜的吉尔吉斯猎手

划，在中途停止了行程。期间，冬季带着所有的严酷席卷而来了。我原打算不在鄂木斯克越冬，因为这里寂寥得很，没有什么吸引人的变化、趣味可谈，我不想在这里度过六个月的漫长时间。

在圣诞节前夕，我有了一次与毛皮商人和猎人去北方的机会。不言而喻，我非常高兴地接受了给我们的这次旅行机会，并做好了眼前一些出行的准备。我在先有的一些准备上又增加了某些必需的生活用品——大羊皮外套、厚厚的长筒靴子和两块毛毯。这些东西仅仅在短短的几天就备好了。这样，一天早晨，好像是在圣诞节的前两周左右，我们总共由十二架雪橇组成的雪橇商队在做好充分的准备后朝着北方出发了。

离开鄂木斯克的时候，周围是一望无际的一片雪原，我们唯一能依赖的路标就是沿着额尔齐斯河岸、被大雪覆盖的道路边上、通到托搏尔斯克的电线杆。

如果说夏天的草原充满神秘，北极星的光辉时刻在刺激、鼓励着神经的话，那么冬天的草原则寒冷得难以形容。不论看什么，不论往哪里看，到处是白色的固体。冬天的草原悲戚而荒凉，默默无语却又伟大神圣，天和雪融为一体。冬天的寂寥中在草原上旅行就是这样的一种感觉。夜晚极度寒冷，若在寒气中受冻，人的心情自然很不愉快，而且无始无终的担心将会涌上心头。更令人惶恐的是，在这无边无际的白色的旷野里，在旅行者面前，不论走到哪里，连一条路都没有，哪里都没有指示道路的路标一类的东西，一旦迷路，就是走进了沉默无语的白色的大包围中。就这样，旅行者们很少有返回去的。而且，这里的冬天越往北走越是白昼短、黑夜长。

我们的雪橇商队在长长的路上行进了两三天。现在，我们离开了额尔齐斯河，也离开了原来的道路，正朝着鄂毕河畔的苏尔古特，走入冻土地带。

冻土地带的道路一般很难让人了解，而且非常危险。要穿越冻土地带的人为了顺利地走出去，必须详细确认要走的路，只有常年在冻土地带来来往往的少数几个老练的向导才熟悉冻土地带和这里的路。

其实冻土层就存在于冬日的地面上结上冰层的阴险的灰色之中。冻土地带从其外表上看，就是低矮的灌木丛繁茂的沼泽地区，一旦在冻土地带走错路，即使只是一步，都可能会造成整个商队下落不明。

这里的冻土地带比整个德国的国土面积还要大。在这个地区的边缘地带居住的是通古斯人，他们属于北方民族。通古斯人虽然是人口较少的民族，但是非常顽强，他们与伟大的自然做斗争，从仅有的狭小而贫瘠的土地上获取着生活必需品。驯鹿和猎犬是这个草原居民的家庭成员。

我们的向导是一位年近九十岁的通古斯老人，他已经在这片冻土地带的路上来来往往大约有四十年了。他曾亲眼看见过拉货的车、雪橇以及行人，走着走着陷入冻土层黏糊糊的粥似的沼泽里，一去不复返的情景。他说自己只能站在一旁束手无策，根本无力去救助他们。即使是严寒的冬季，也不能轻易地过沼泽地，虽然地面已经结冰，覆盖着积雪，而地面下依然是粥似的一年四季一样危险的沼泽地，它正准备着将踩踏其上的一切东西置于死亡的境地。这块沼泽地已经吞噬了无数的牺牲者。

通过这片冻土地带后，我们又连续走了三个星期左右的路程，到达了苏尔古特。将被无边无际的冰天雪地包围着，在许多危险中不分昼夜、不顾因饥饿而怒号的狼群的威胁，以雪橇穿越冻土地带的这三周时间作为北西伯利亚的一次雪橇旅行，是我人生中最深刻的一次体验。在冻土地带冒着零下四十度的严寒，在野外敞篷雪橇上，靠着微弱的篝火，不知熬过了多少个夜晚，这就是皮毛猎人冷酷的命运。

在冻土地带旅行时最大的危险就是野狼，它能以五百乃至一千只的庞大队伍成群结队地追随商队人马。白天，狼群与商队相隔适当的距离跟在周围；到了夜晚，就紧逼、包围着商队。如果在白天，防备狼群袭击的困难还不太大，因为紧逼商队的狼群经常被击毙，所以狼群不敢轻易地靠近商队。有时狼群由于过度饥饿，会争抢着把被商队击毙的伙伴很快就吃净。在它们争抢的过程中，弱者被强者袭击、咬死、撕扯裂开的场面也是屡屡发生的。与之相反，更加艰难的是夜晚防备这些猛兽的工作。狼群为了袭击马、狗等家畜，整日跟随在商队后面，到了夜晚，趁着商队宿营过夜前来袭击一匹或者两匹马。这样持续下去，就会导致商队不可避免的毁灭与灾难。狼在饥饿时候的眼力和攻击力是人们根本无法预测和防备的。

所幸的是，我们的商队均由老练的皮毛猎手们组成。因为这些猎手们非常熟悉这些饥饿的野兽们的习性，所以我们没有任何恐惧和害怕。就这样，我们能够轻松地、连续好几天地向前行进，只要天气好，我们就没有任何障碍。大约走了十二天后，天气发生了变化，渐渐下起了雪。因为天气的原因，我们必须加倍注意安全，不仅仅是注意道路的安全，更要注意防备野狼的侵袭。受降雪影响，我们的行程延后了数日。为了不在大雪中迷路，我们特意放慢了行进的速度，大家随身携带的必需的一部分粮食也得到了一些补充。这是因为我们到达的地方猎物比较多，所以在随时可捕猎的地方捕获了大量的雪鸡、雪兔补给了食物。这一带一旦下起了雪，至少要连续下两三天，所以应该节约食物。为了休整、调养比较疲惫的人、马，我们决定休息一天。下一步要走的路比较宽敞、平坦，为了更好地防备狼群袭击，大家将雪橇排成两列并行前进。我们是正午过后开始休息的。考虑到要更好地节约食物，我们队伍中的四位伙伴提出来到附近去打猎，让大家享用新鲜肉食。

夜幕将要降临了，出去打猎的伙伴们的情况到底如何，一点音讯都没有。周围一片寂静，听不见任何声音，更听不到通知猎手们返回的狗叫声。雪越下越大了，连眼前一米远的东西都无法看清了，四位伙伴的安危实在令人挂念。

我们都非常担心地等待着他们四人平安返回。大家首先担心他们遇上暴风雪迷了路回不来，其次，我们宿营地的人马已减少，一旦受狼群袭击，恐怕会寡不敌众。我们在所有的雪橇上都点起了火堆，这样做的目的是想增大我们所在地方的亮度，以便让他们四位能尽快辨认出来，顺利地找到我们。随着时间的推移，我们的心情开始焦躁不安起来，因为从远处传来了距离我们越来越近的狼群恐怖的号叫声，其他什么声音都听不到。我们几个人吓得魂飞魄散，战战兢兢地一个挨着一个地站在火堆旁。大家的心情越来越沉重，都以为他们被狼群吃掉是毫无疑问的了。

时间一刻一刻地过去，已是深夜了，但没有一个人想躺下休息。睡觉变成了让我们很苦恼的一个问题。我们几个强忍着精神上和身体上的劳累，时刻保持警惕地站在将要熄灭的火堆旁等待着天亮。

所幸的是狼群没有攻击宿营地，我们避免了一场不堪设想的灾难。如果我们想击毙狼群，需将前面领头的狼引诱到最靠近我们的地方，因为我们还不清楚出去打猎的四位伙伴的准确位置，不能乱射击狼群，以免误伤自己的伙伴。

在阴惨惨的、令人难受的、依旧下个不停的暴风雪中，我们迎来了第二天的黎明。为了给我们可能遇难的四位伙伴留下最后回到我们身边的可能性，我们决定等待到中午。其实我们还殷切地希望着他们能够平平安安归来，但是不管怎么等待，不管怎么张望和期盼，都无济于事。

我们正要结束等待出发赶路的时候，从远处传来了人们的叫喊声。听见声音，狗也立刻有了精神。我们派出去两个人看看周围的情况如何，不一会儿，去向不明的四位伙伴回来了，他们是由我们派出去迎接他们的狗引领着回到宿营地的。他们出发时带走的六只狗都已损失，听说是与狼搏斗的时候被狼吃掉。当然，我们还是非常高兴的，因为一直以为他们不可能回到我们身边了。

盼望、期待的四位伙伴回来后，我们决定大家一起休息到第二天早晨，然后继续完成剩余的到苏尔古特的路程。出去打猎的四位伙伴的经历和极大的困难在我脑海里留下了苦涩的记忆，听他们讲，在前一天晚上刮来的暴风雪中，他们迷失方向走错了路，朝着相反的方向走了过去。午夜前后，从密云层的夹缝中露出了月亮和几颗星星，他们利用那瞬间的坐标和参照物，确认并意识到了错误。于是，他们只好在原地休息，等到天亮，因为在当时，这是唯一的办法。在寂寥、寒冷的等待中，他们几乎丧失了靠自身的能力返回宿营地的能力和决心，但第二天早上，他们很幸运地发现了返回宿营地的路，然而在返回途中又和狼群狭路相逢，并展开了一场小规模的人与狼群的战斗，不幸的是在战斗中损失了带在身边的几只狗。

蒙古西伯利亚

踏破记

8 老猎人——米确

不一会儿，暴风雪停了，空气更加寒冷、群星闪烁的夜晚来临了。气温预料不到的寒冷、刺骨，但我们还是平平安安地度过了一个夜晚，并在野狼的号叫声中，在宿营地的篝火将要熄灭、夜哨的更替轮换中迎来了曙光。太阳冉冉升起的时候，我们开始了奔向目的地的行程。

前几天的积雪严重地阻碍着我们的行程。在极端困难的旅行的第十天，中午刚过，我们在地平线上的雾霭中看见了苏尔古特。向导高兴地在冰冷的雪中把身体抛了出去。我们都很想好好地感谢在冰冷的雪原、野狼的胃口和冻土地带的危险中保护了我们的老向导，大家一致很满意向导在我们旅行中最困难的路段给予我们的诚心诚意的关照，使我们平安地度过了险境。夜里较晚的时候，我们很疲惫地赶到了苏尔古特城里。

经历了往日难以承受的艰辛困苦，终于能再一次来到头上有房顶的地方，我们觉得非常开心满足了。但是，为了让受尽折磨的身心得到放松和恢复，我们必须在商队旅馆过夜。

我们都不觉得苏尔古特是一座发达的城镇。正相反，她是坐落在北疆前哨、永远被雪掩埋、位于草原中、与外界隔绝的小城镇。这里，一年当中足有八个月乃至九个月是冬季，只有三个月或四个月的时间是夏季。居民的成分比较混杂，草原居民占据大多数，另外，俄罗斯人的一部分在政府机关就职。建筑的特点是木造房屋与黏土房屋混杂在一起，在屋里点灯照明用的是鱼油或树脂，房屋里根本没有我们想象中的床、沙发之类的东西。居民们的生计主要是以皮毛交易、捕鱼、狩猎、牧马等手段来维持，农业等种植业几乎不可想象，如果说有农业，那也是以微乎其微的形式展开的。与此相反，毛皮类野兽的捕猎和牧马等等，是这里居民的主要产业。苏尔古特市的市民们与所有的草原牧民一样热情好客，他们以热情、亲切的态度迎接了我们。我们在这个市里住了几天，为今后艰难的旅行而休息放松、保养身体。

我在这里认识了一位远近闻名的老猎人。不知道他的真实年龄到底是多少，看起来既像是五十来岁的人，又像是一百多岁的人。市里的人都认识他。与他见面都打招呼。某一天的傍晚，我去拜访了他，因为听说他近期内要和伙伴们一起出去打猎，要在外地逗留近八周左右的时间。他们要去北边专门狩猎珍稀毛皮类野兽。

我原打算去西北方向旅游观光的，但是，如果这次老猎人接受我入队的话，我决定干脆利用八周左右的时间跟他们去逛一趟回来。

他住的那个小房子只有一间原始简朴的房间，一座火炉子给他的房间里提供了适当的光和热。我去他家时，我的这位新熟人正坐在炉火微弱的光亮中剥离猎获的野兽的皮。这是他的工作，他不出去狩猎时就在家收拾猎获的动物，主要是剥皮、解体、冬藏等等。他的剥皮等手艺特别好，经他剥制的毛皮的一部分经常远销到彼得堡等地方。

冬天的下午，天要黑的时候，我坐在他那温暖的小屋子里，感到十分的亲切和怀旧。老猎人坐在火光中，周围遍地是猎获的鸟或其他动物，他在我的眼里就像《天方夜谭》中那位会耍魔术的老人一样。他坐在原地没动，给我奖赏了一个座位，水壶里已经放好了沏茶用的水。在零下四十多度的寒冷天气中，坐在这样温暖的屋子里愉快地喝茶、聊天。恐怕没有比这更舒服的时候了。

这里，到了十二月份、一月份、二月份，每天的气温都是零下三十五度甚至零下四十度。我们两个人没有什么要特别交谈的事情。喝了几杯热茶后，他向我打听了我今后的计划。最后，我们谈论了各自的交友经历、打猎捕野兽的体验、冒险等等经历。

不知不觉就到了晚餐的时候，主人邀请我吃了晚餐。我们在旅行途中的生活过得比较俭朴，吃、喝就更不用说了，然而，这位老人的生活、饮食更加简单、朴素，全部晚餐就由一片黑面包、一块肥肉和一些圆葱组成，还有一小坛子伏特加酒。食物虽然简陋了一些，但是在这遍地是雪的寂寞孤独的环境中，在这原始、简朴的小屋子里，在这位老猎手的家里吃

蒙古西伯利亚

踏破记

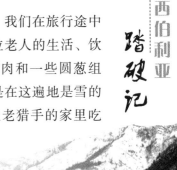

塔塔尔的僧侣

寂寞、孤独的圆顶小毡房

的这顿饭实在是美味可口、世上难有的一顿饭。

老人的家在郊区，离市区步行大约需要一个小时的时间。然而，这位老猎手经常不在家住，他不在家的时候几乎都是去了遥远的草原深处。他唯一的、亲密的朋友是自己养的六只大猎狗。不论这六只狗当中的哪一只，都不愿意离开自己的主人，因此，老人身边常有它们的吠叫声。每当老人出门远行的时候，也会把它们带在身边。这样，这些猎狗也会整群地到空气新鲜的地方旅行一番。我们在伏特加酒和茶水旁边坐着闲聊了一会儿后，约好了过些天再见的时间，我便告辞了，我想哪一天我们再见的时候再商量出发的日期。

一月份已经过去好几天了。为了让猎手们多多地捕获猎物，多多地品尝野味，我们必须尽快动身着手狩猎工作。与我们一起去的还有十名猎手，他们也参加了老猎人当向导的这个猎队。

这是出发前的一个星期五，下星期二我们就要去北方旅行了。连续数日天气都很好，尽管气温有点低，我们必须添加几件皮毛大衣。我们也不确定半路上能不能买到那些用品，所以在出发前的最后一天，我们都着手准备了各种必带的用品。

我们启程的那天虽然说晴空万里，但是也是一月份的一个滴水成冰、极度寒冷的早晨。我们一行四十人，驾着二十架雪橇，领着十八只猎狗，朝着草原进发了。就凭这几十人马组成的小队伍，我们毫不犹豫地去冒险了。不管我们队伍中的哪一个人，只要有一个人能看出摆在面前的我们将要面临的困难的话，我将百分之百地相信他、相信他的话，可是毫无例外的，没有一个人能看得出、说得出后来我们可能面临的危险和不幸。

被永不融化的冰雪覆盖的西伯利亚的这个极北方地区，是一个我们完全不了解的未知世界。这里既无街道，也没有道路，更看不见商队道路沿线所设置的商队旅馆。我们要在这无边无际的未知世界里，由冰、雪、饿狼伴随、包围着，度过几周的日日夜夜。

我们旅行的第一天结束了。在这里，为了防备经常在夜间刮来的强风和袭来的狼群，我们选择了某个小洼地宿营休息。天空虽然晴朗，但温度计指示出零下四十度的极度寒冷。我们用雪橇围成了一个圆圈，并把它当作我们的阵地，在圆形阵地内搭了帐篷。为了防备狼群的侵袭，我们把马匹、猎狗也都放入了圆圈阵地内，并在圆形阵地中心点燃了一大堆火。大家围着火堆坐着，烤火取暖，同时在火堆上烤了干肉、煮了茶水。这是八周时间内我们每天的饮食，不过，如果我们猎获了雪兔、雪鸡等猎物，肉食品的贮存有了增加，那时候我们的食谱就是别样的了。

白天，我们只见到过少数几只野狼，所以在防备野狼等的侵袭方面只安排了一个人负责白天的放哨、警戒。我们的猎狗和马匹始终是坐立不安的，有时鼻子里发出怪异的声音，表示对周围的不安有所察觉，然而，我们一直没有注意到它们的异常。我们还没有察觉到危险已经逼近。

我们的总头目——老猎手的名字叫米确，他恐怕是我们当中经验最丰富的人之一，大家都爱听他的话并服从于他。为了防备猛兽，他经常慎重地提醒我们，夜间必须安排两个人放哨警戒，必须让火堆燃烧得更旺些。据他讲，在草原上预知险情最多、最准确的就是马匹和猎狗所表现出来的骚动。我们的总头目老猎手——这是大家对他的尊称——他的预言在这天夜里得到了异常的验证。吃完饭后，大家用毛皮、毛毯在火堆旁铺好床位躺下休息了。虽然寒冷环境严酷，但这里的寒冷和温带地区的寒冷相比还是比较好克服的，理由很简单，这里的空气非常干燥，大陆性气候占据主导地位，而温带地区是海洋性气候，使得空气湿度较大，干燥气候中的零下四十度，比潮湿空气中的零下二十度更好忍受和克服。在这里，当刮东风时人们感觉有点难受，这是为什么呢？因为此时草原上的风能渗透到骨头里，所以叫刺骨的寒冷。在现实当中，这里的人、马、猎狗等能忍耐所有的冷风，不管春、夏、秋、冬，只要刮来东风，在野外的人马就只想站在雪橇或帐篷还有其他东西的背阴处挡风避风。

蒙古西伯利亚

踏破记

9 狼——原始的暴力

午夜时分，我躺在离火堆最近的地方休息。当我刚把一大块骆驼粪添加到火堆上的时候，听到了马匹、猎狗突然骚动起来的声音。因为没有月亮，在昏暗中只听见从远处的草原上传来狼群的号叫声、咆哮声，而且能感觉到狼群在步步逼近我们。大家好像听见了号令似的都起来拿起了枪，沉默片刻之后，大家静悄悄地各就各位了，大家都懂得在紧急时刻自己应该做什么。

为了不让马走远，我们给马都上了脚绊子。在草原上，对于马来说，没有比狼更危险的对手了。猎狗都没有跑远，它们在察觉到狼群袭来的危险后都主动地靠近主人，站在了主人的身边。我们把火堆烧得更旺了，大家有的站着，有的坐着，在寒冷冬天的夜里的昏暗中凝视着看不清的目标。

我们在火光能照亮的地方偶尔看见几个阴影在晃动，看来狼群已经停止前进，并且放弃了决一死战的念头。也许现在它们不是饥饿状态，如果狼群饥饿得很，一定会更靠近我们的营地的。狼群也许追踪另外的目标去了吧，它们渐渐地离开我们远去了。天还没有亮，我们回到帐篷里又休息了一会儿。天晴的时候，早上七点钟左右这里就非常亮了。可是如果是阴天，那白天一整天都几乎是昏暗的状态，只有积雪在冬天的灰色中发出光亮。

与狼群发生这次小小的、有惊无险的冲突后，大家都睡不着觉了，做好了继续赶路的一切准备工作。这样，当太阳升起、阳光照耀大地的时候，我们已经在行进途中了。

我们距离要到达的预定的狩猎目的地还要走将近十天的路程。第二天没有发生什么特别的事情，平平安安地过去了。太阳在天空高照，白雪把

吃早餐的通古斯年轻人——正在吃驯鹿头骨的生肉

向水草丰美的草场迁移

阳光反射得格外刺眼，我们的眼睛都被刺激得非常难受。放眼望去，除了雪别无他物。在蓝天、白云、阳光下，在无边无际的冰天雪地上，只有一支小小的商队在向前行进。在这死一般寂静的单调的雪原之中，人自然地会领悟到自身的渺小和无力。大自然在其单调的平静、沉重和均衡中睁开眼睛，以其恐怖的力量，把横卧在被雪覆盖的平原上的所有物体毁灭、埋没，自认为在文明宇宙中伟大、力大无穷的人类，在这里成了大自然的玩物，不得不忍受大自然的随意耍弄。通过技术、手段集中起来的人类的一切力量，在这里、在这奔放的强力面前也不会支持人类自己。

人们是抱着生命与希望的欢喜来到草原上的，可是在遭遇大自然的折磨之后，受到严重打击和挫折而归来或是彻底死亡。如果大自然在这里处于暂时的休息状态，人就能做到自身保护。可是，他们的生命的绝对安全是无法保障的，白色的死亡之神经常不断地来到商队的周围，最悲哀的是，死亡之神一旦紧追在商队后面，就再也不会离开他们。

我们的头目有着丰富的气象知识，他能根据夜晚的天气情况预测第二天的天气。

又一天将要结束了。我们来到了草原上一个比低洼地的地势略好一些的可以宿营的地方，可是，我们打算到达目的地再宿营过夜。马匹已经处于极度疲劳的状态，但是，离到达最终目的地还有将近十俄里的路程。

天空渐渐阴沉下来，为了在暴风雪来临之前赶到目的地，我们必须加快马和狗的奔跑速度。最终，我们在艰辛困顿中使尽全力，总算到达了目的地。作为暴风雪的前哨，阵阵大风刮了过来。为了抵挡暴风雪，大家克服极度的疲劳，想尽办法在大风中把积雪挖开，搭起了帐篷。随着风力的加大，温度计的指数一下子就掉了下去。由于过度受冻，我们的牙齿都合不到一起，而有的人手脚冻得麻木，已不听使唤了。暴风雪在漆黑的夜里不停地呼啸、狂嚣着，强风刮过帐篷顶，发出"唰、唰"的声音，有时会在我们的脸上刮来冰雹或雪片。在外边忙于搭建帐篷的伙伴们最苦恼的就是冰雹、雪片都打在脸上，有的人脸上被打出了血。

暴风经常把帐篷吹得摇摇晃晃，所以我们必须交替着跑出去修缮被风刮得受损严重的地方。我们把雪橇摆在帐篷的周围，把马和狗放在帐篷的一个角落，费了好长时间才点燃了火堆，但没有多大的热量。这是暴风刮得太猛烈的缘故吧，我心里默默想着。

渐渐地，我们能够把帐篷的皮绳拉紧固定住了。期间，在帐篷周围积起来的雪把地面和帐篷之间的缝隙都填满了，帐篷侧边的空隙也都被填平了，这样就稳固住了帐篷，有利于我们抵抗越刮越大的暴风雪的狂暴肆虐。我们的两位伙伴因为长时间在外作业手上出现了冻伤。

常年经历了各种暴风雪的我们的头目，熟悉暴风雪天气的各种情况，而且应对自如，真是一位难得的暴风雪中的能人。因为已经过了夜间的十二点，所以我就问他暴风雪有没有可能停下来，他的脸上显出了非常可疑的答案，然后用俄语对我说了一句简单的"moschno"，就是"也许是"的意思。"moschno"一词在俄语中是可以用来敷衍任何东西的词语，也就是说，怎么解释都说得通。幸好我们的茶已经煮好了，并且能和茶一起吃凉肉和面包了。暴风雪仍以令人恐惧的猛烈疯狂地持续着，这时，我们的两三个伙伴为了应付明天辛苦的工作先休息了。大概在深夜一点钟左右，我和我们的头目一起担起了值夜班的任务。这时，暴风雪已经变成了飓风，大块大块的雪片从天上掉下来，我们的帐篷上已经积了厚厚的雪。我们都非常担心帐篷会被积雪压塌，因此把正在熟睡的几位伙伴叫了起来，让他们先把马匹从危险的角落里牵出来拴在安全的地方，以保证万一帐篷被雪压塌，我们的马匹至少不能被雪掩埋。马在角落里冻得直打哆嗦，虽然点起了火堆，大家还是感觉到特别的寒冷。这不光是暴风雪疯狂施虐的原因，有可能是四大元素都被解放出来在疯狂地呼风唤雨、搞乱天气吧。

傍晚开始刮的大风一直持续到深夜，暴雪也一直持续着。和现在的狂风暴雪相比，那时简直就像是儿戏一样。我们的头目在别人都不在场的时候单独跟我说："这场暴风雪如果持续时间长，我们必须早早地领悟到，想活着逃离这奔放、原始、暴力的雪的迷雾，可能性恐怕不大。为什么这么讲呢？这是因为，现在这疯狂的暴风雪简直就像是预示世界末日来临的、原始的暴力，它根本不像我们曾经经历过的草原上的暴风雪。"和我一起站在马的一侧的我们的头目，继续在我的耳边大声叨咕说，他在草原旅行的漫长的经历中从未体验过这样的暴风雪。听了他的一番话，我们的心情也都很不好了，从大家相互交换的眼神中也能看得出大家忧虑、不安的心情。每个人都晓得我们现在面临的危险，但没有一个人把这危险说出

蒙古西伯利亚

踏破记

幸福的生活——通古斯妇女及其婴儿

口。在这里的这些伙伴们其实都曾几次面对过死亡的威胁，他们熟知草原的危险，但是作为毛皮猎手，他们在常年的职业生涯中已经经受锻炼变得勇敢而坚强，所以，他们没有把担忧的心情表露在语言上。但是，如果暴风雪不停，我们将遭遇的不幸的场面在每一个人的脸上都已经画出来了。

暴风雪以惊人的威力，严酷、疯狂地肆虐在这片草原上。我们的雪域"城堡"的周围，积雪已经高达好几米。据目前的情况，我们走出这个地方的可能性是不可想象的。马匹、猎狗都静静地聚集到了一个角落。

时间渐渐地过去了，很快到了早晨，然而暴风雪仍以同样的猛烈疯狂地持续着。不，有时它的猛烈和疯狂甚至只增不减。周围一片昏暗，连眼前的东西都看不清了。

火堆眼看将要熄灭了。因为我们没有准备充足的干柴，大家都在考虑最坏时候的事情。如果不抓紧时间想办法走出去的话，我们的命运将会在此画上句号的可能性很大。我们借助放在门口的雪橇的帮助，将厚厚的雪墙挖通了一个通往外边的洞，正在此时，一声震耳欲聋的、似乎爆炸般的巨响响起，大家都吓得缩成了一团，几个人发出的恐怖的尖叫声和马匹受惊发出的嘶鸣声一时穿透暴风雪的声音传了过来。此时，我们眼前所能看见的只是一个被刚刚升起的太阳光照射得大大的白色物体，在眼前什么都看不清楚的暴风雪中，我们所能确认的只有帐篷被重重的积雪压塌了，我们的五名伙伴和所有的行包、猎物、马匹都被掩埋了。当确认了发生的灾难后，大家的脸上都浮现出恐怖、不安的表情。

10 与白色死神的苦斗

在目前的情况下，实施救助之类的事情是根本不可想象的，实际上，我们根本没有任何救助的工具和手段。周围的一切都被雪埋掉了，我们自己每往前迈一步，都要陷入深深的雪坑里或者被与我们一样高的雪埋没掉。在我身边的我们的头目向我伸出了手，这样，我们俩一起在雪上爬着，想去到距离我们六米乃至八米左右远的伙伴们的身边。我们俩开通了一条狭窄的通道，这样不仅能使我们自己所处的状态得到稍微改善，而且也可以帮助其他陷入不幸境地的伙伴。如果有幸我们一个人都没有遇难的话，那么更重要的还是抓紧时间把马匹、猎狗挖救出来，即使是一两匹也好，因为我们要返回家必须依靠它们。我们的头目说，如果猎狗、马匹全部死了，那我们就只能在这里悲惨地等待死亡。所以，我们尽全力将厚厚的、全部结成冰的雪竖着挖开，最终挖到了被雪埋没的伙伴那里。虽然我们向前挖开的距离不太长，但是也费了很多时间和体力，所以我们决定齐心合力在雪中挖掘，把被掩埋的伙伴和动物都救出来。这是极其艰难的工作，因为我们的手里除了枪其他什么都没有，空手去挖雪，谈何容易！虽说狂风稍微静了一些，但是，雪依然在不停地下着。

我们使尽全力工作了两三个钟头，终于挖到了坍塌的帐篷的入口处。我们的几位伙伴是活是死，无法晓得，另外，能否成功挖出动物，哪怕是几匹，也是个未知数。其实我们心里早已放弃了能救出活着的伙伴、活着的家畜，因为距离惨案发生的那个瞬间已经过去六个多小时了。然而不做任何救助的尝试就放弃掉，对于我们来讲也是于心不忍，所以，我们拼命地挖雪施救的理由之一也在于此。

经过几个小时的紧张施救，我们已经明显感觉到力气不足了，这是健康人和死神战斗时绝对的拼劲和努力，是信心使我们忍耐、坚持了这么长时间。其间狂风已经弱下来了，但凛冽的风还在继续。渐渐地，透过厚厚的雪层，我们偶尔听到了叹息声。我们很开心，这确定还有活着的人。我们最先挖到了一条狗尾巴。我们的马匹和猎狗都应该集中在帐篷入口旁边的一个角落，伙伴们好像被埋在帐篷里面靠后的一个角落，所以，我们决定先围绕着动物所在的位置挖雪施救。我们两个人轮换着挖雪，每个人休息几分钟后就继续挖，因为我们两个人都已经筋疲力尽。挖了一会儿，我们挖出了一条狗的全身，当确认了那条狗还活着的时候，我们的心情也舒畅了。这只狗被压下来的雪擦碰得比较严重，但过了一会儿就开始活动了，它抖动几下身体，将身上的雪弄掉，然后卧在雪中又睡了。接着我们又挖到了一匹马。我们先把这匹马的头和脖子挖了出来，但又隐约看见马的下面有一条狗，狗的眼睛正朝着我们闪闪发光。最终，经过一番细心地挖雪、努力地施救，我们顺利地把狗和马都挖了出来。马稍微有些僵硬地卧在雪中，但生命体征很正常，过了一会儿，马和狗都活动开了。

我们的救援工作正在进行的时候，又遇到了新的困难，因为夜幕即将降临，不能继续工作了。渐渐地，我们的体力已经透支，已经的的确确筋疲力尽。但我们又意识到，为了点燃过夜的篝火、为了取暖，我们必须先挖出几架雪橇。因长时间的工作，我们全身都被汗水湿透，然而傍晚以后，刺骨的寒冷空气再次来袭，气温也逐渐低了下来，此时此刻，谁都没有了谈论伙伴们的情况的勇气。就目前的状态，为了救援工作，我们已经使尽了全力，为了不使自己也倒下什么都不能做，必须将目前的事情先办完。在这不幸的日子里，好像天黑得也更早了，天空依然阴沉沉的，不时地还下起零星小雪。我们把装着燃料的雪橇的一部分挖了出来，因此能点燃过夜的篝火了，更重要的是找到了一把锄头，这样我们很快就在雪中挖开了一个坑，并成功点燃了火堆，然后大家轮换着在雪中拼命地工作。我们很幸运地在雪橇上找到了一些粮食，如果不出什么意外的话，至少可以暂时保住性命了。大家都尽量好好地关照马匹和雪橇。深更半夜时，我们的一部分伙伴救出了被埋在雪中的几个伙伴，另一部分人则将剩下的三人、两架雪橇和一匹马也挖了出来。这是我们挖出来的第二匹马，因为被埋的时间太长，挖出来的时候它的全身是僵硬的，为了让它慢慢地苏醒，我们将它抬到了离火堆较近的地方。和第二匹马一起出来了第三只猎狗，这只猎狗不一会儿也恢复了生机。

渐渐地，我们把马和狗集中在一起的那片角落挖了一遍，但是还有三匹马和四只猎狗处于被活埋的状态。挖出来的马匹中有的已经窒息死亡，有的还有微弱的气息，经过照料已经恢复了，有的非常不幸，一条腿被挫伤。对于这样已经严重受伤的马匹，我们只能用枪将它们射杀，因为它已经不能帮助我们了。而且，我们也没有照料、治愈严重受伤的马匹的条件，虽说不忍心，但为了生存，别无他法。

我们已经筋疲力尽，于是决定轮流休息一会儿。当我们工作到夜间很晚的时候，终于挖到了最后的那个角落。其实我们已经放弃了希望，但是从心底还在相信，肯定有被埋但还活着的人。非常遗憾的是，我们判断错了。虽然我们花费了相当的体力，辛苦工作了大半天，一个一个地轮流挖雪挖到了这里，但仍然确认他们当中的一个已经丧失了生命。这太可怕了。看到眼前的情景，我们的心情都非常沉重、非常悲痛，白色的死亡之神已经来临，今后我们能否活着到达目的地真是值得怀疑了。

我们已经非常疲惫，但是，还得走遥远的路程返回苏尔古特。仅凭我们这小小的队伍，如果在返回的路上再遭遇狼群的袭击，根本无力抵抗。狼一旦盯住一个人或嗅到死人的气味，我们根本无法抑制住它。所以，我们在一架雪橇上装上"悲痛的物品"（死者的遗体——译者），又在其他的雪橇上把现有的东西装好，打算休息到天亮就启程赶路。

点燃大火堆后，大家在火堆旁躺下休息了。不光是人，连马、狗都睡得好像死了一样，这一夜没有睡觉的只有我们的头目一个人。老人家虽然有点上了年纪，但是身心各方面都是一个最坚强、最健康的人。在这里的居民当中，我从未见到过像他这样有钢铁般意志的人，任何事情、任何东西都无法破坏这个男人的平静和沉稳，不论处在什么情况下，他都有明确、稳妥的应对方法。在这次重大灾难面前，如果我们的身边没有他，大家很惨痛地全军覆没是毫无疑问的。

天亮了，我们踏上了令人担心、困难重重、随处都有危险的返程。回想起这两天的遭遇，我们的心都一颤一颤的。来的时候如果说花费了两天的时间，那么经过这二十四小时的暴雪，再加上马匹都已经筋疲力尽，不

蒙古西伯利亚

踏破记

手持"魔鼓"的通古斯医师兼萨满巫师

草原的"郁闷"

难想象回去的时候将会花费更多的时间。

我们满怀着无限的希望，穿越一望无际白色的沉默，朝着既定目标挺进，而一起拉回来的、令人"悲痛的物品"（死尸）默默地给了我们沉痛的教训和难以承受的压力。这一天，我们像老牛走路似的缓缓地往前行进了一些路程。细想起来的话，我们让马跑得太快了，我们必须每隔一段时间就休息一下。这样做不是为了不冒险，而是因为确实走不动了。太阳快要落山了，现在是做宿营过夜准备最好的时候。

白天，我们已经看到过远处有野狼群，但没有对此操过心，那群狼的数量不多。但是现在野狼已经嗅到我们雪橇上拉着的死人的气味，这说明，我们的出发已经有了诱引狼群的危险，所以我们必须加倍注意安全，警戒狼群袭来。为了明天尽早出发，人、马晚上必须好好地休息。因为雪橇仅剩下五架，所以我们把雪橇两架一组地排在中间搭了帐篷，值班人员把装着死人的雪橇放到容易看到的地方。为了将野狼引诱到别的有脚印的地方，特意把装着死人的雪橇放在了上风处。这一夜平静地过去了。

第二天，我们加快了前进的速度，这一天晚上的时候，我们已经非常接近了苏尔古特市区，没有什么担心的必要了。这两天，实际工作做得最多的就是我们的头目，为了让大家晚上休息好，他自己担负了夜间值班的第一班，我是第二班。

夜晚很平静地过去了。天快亮的时候，几声枪响惊醒了沉睡中的大家，这是狼群来到了我们的宿营地附近。然而，这群狼的数量好像不足以袭击我们的营地——它们被枪声吓跑了。之后剩余的时间就平平安安地过去了，黎明过后不一会儿，我们就把启程赶路的准备工作都做好了。对家畜来讲，夜晚好好地休息也是很重要的，它们一上路，状态就不像前一天了，都精神饱满地向前奋进着。

遭遇了前两天的磨难之后，我们第一次度过了一个安安静静的夜晚，所以大家都好好地放松了身体、恢复了体力。天气也不错，所以我们不休息地一直往前赶路，很快到了中午。厚厚的积雪覆盖着的洁白的草原，在蓝蓝的天空厚厚的云层构建的屋顶下静静地、孤单地伸展着。不熟悉草原的人绝对不会想象出，就在这一片草原上，就在四十八小时前，曾出现过那样一幕恐怖的情景。就是这一片草原，就是这洁白无瑕的雪，在其单调

149

蒙古西伯利亚

踏破记

的静寂中，我们付出了巨大的牺牲。对此，没有体验过的人是根本不会理解的。我们把最后的白色暴风雪中的四位牺牲者一同带回来了，所以我们的心情一直是沉重的，连太阳光都感觉昏暗了。

临近傍晚，我们必须休息了。然而我们仍将置身于瘆人的危险、恐怖之中。当然，这些在平常的情况下是没有什么大不了的事情，但是，在今天这种情况下，深深的不安、戒心布满了大家的脸。我们的燃料已所剩无几。仅剩供夜里使用的很少部分的量，因此在夜间的最后一段时间内，我们只能在没有火光的暗夜中放哨、警戒。

在这种情况下，唯一值得信赖的就是已经将身体恢复到正常状态的猎狗和我们自己。恰好当晚是我值班放哨，夜已至深，最后一点燃料终于燃尽了，我们干脆就在漆黑中度过了后半夜的最后一段时光。这一夜，天空布满了云层，周围的一切看起来都是朦朦胧胧的一片灰色。

我听见从不太远的地方传来野狼号叫的声音。然而，不管发生什么事情，我们都已做好了应对的准备。为此，我把我们的头目米确老人也叫了起来，帮我一起担负警戒、放哨的工作。一整夜我都听到了野兽的吼叫、咆哮声，但是那些野兽没敢靠近我们的宿营地。尽管如此，我们还是必须在早上确认一件事情。我们原以为好天气能一直持续到我们返回苏尔古特为止，非常遗憾的是我们的期待未能如愿。

渐渐地，天空陆续不断地下起了雪。我们要回到苏尔古特还必须走完剩余七十俄里的路程，所以我想最好是马上就起程。只有早一点出发，才能早一点回到苏尔古特。

天刚刚亮的时候，我们已经行进了大约十俄里的路程。这时，雪越下越大了。中午的时候我们停止赶路，休息了一会。按照我们的预期，好像再走一会儿就应该到达苏尔古特，但是我们起身又走了五俄里左右，苏尔古特还是连影子都看不到。是不是在猛烈的暴风雪中我们迷路了？过了一会儿，天就要黑下来的时候，我们觉察到的确走错了路，多绕行了大约十俄里的路程。现在，我们的头目已经清楚地知道了路线，所以我们加快了步伐，这样，深夜的时候我们赶到了苏尔古特。在市区入口处碰见的两三人看到我们还活着，都感到简直不可思议，他们早已认为在前两天肆虐草原的狂风暴雪中，我们已经下落不明。如今，我们活着返回来的消息一下子传遍了全市。

　　我们拉回来四具死者遗体的消息也传遍了市区，我们马上把死者的遗体送到了遇难者家中。于是，四位遇难者的亲人都陷入了无限的悲痛之中。我回到出发前住的那所小房子里，试图摆脱过去几天那难以言表的苦难和悲哀，死人般地倒在了床上。

11 再见吧，苏尔古特！

第二天的苏尔古特沉浸在无比的悲痛之中。这里的居民世世代代在荒野中，就像一个大家庭似的生活着，大家互相分担着左邻右舍的喜怒哀乐。这次四个家庭同时遭遇了如此巨大的悲痛，所以大家互相关照，共同度过了一段悲痛的时日。

我们回到苏尔古特的第二天，全市市民参加了为我们的四位伙伴举行的葬礼。在这里，无边无际的草原上的市民们比大都市的人更亲近土地、热爱土地，他们为四位遇难者修建的墓地又大又壮观。

目前摆在我们面前的主要问题是不言而喻的，那就是遭遇如此痛苦的四个家庭今后的命运将会如何？我们的头目和我是这次远征狩猎活动的主角，也是从巨大的灾难中挽救我们的远征狩猎队的大救星，这是众所周知并且公认的事实。对于能否继续旅行的问题，当时我没有考虑过，因为我一个人单独出发去到通古斯地区的图鲁汉斯克一带，是根本不可能的事情。这样一来，我必须暂时休息几天。这期间，我愉快地接受了我们的头目米确老人的热情款待，并搬到老人在郊区的那间小屋子住了下来。我在草原上遭遇暴风雪的时候，该扔掉的一些旅行用品没有扔掉，现在整理这些东西还需要花费几天时间。在米确老人的小屋子里，我毫无遗漏地将旅行日记中很多不足的部分补充记录了下来。天气好的时候，我出去散散步，天气不好的时候，就在小屋子里向米确老人学习禽类猎物拔毛、毛皮类猎物毛皮剥离、猎物的冷冻收藏技术等等。

我俩常常坐在火炉两旁，交流狩猎的体验、冒险的经历等等，我还学到了珍稀皮毛野兽的捕获理论和方法。这些方法和理论在我今后的旅行中将发挥怎样的作用，留到今后在勒拿地区密生的原始森林中的滞留期间去验证它吧。

　　我虽然在这雪域草原的寂寥中闲待着消磨时光，但为了让这段时间过得丰富多彩，不至于寂寞难耐，我们俩常常拿起猎枪到草原上去狩猎雪兔、雪鸡之类的野味。趁此机会，我第一次真正地、更多地了解了具有丰富特性的草原的真面目。

　　二月份过去之后，一月和二月期间在这里疯狂施暴的冬季的狂风暴雪就一去不复返了，太阳一天比一天高。期间，我的身心也从过去的痛苦、悲伤中完全解脱，得到了充分的放松和恢复，并把旅行赶路的准备工作都做好了。因此，我打算加入三月末路经苏尔古特、穿越草原赶往图鲁汉斯克的商队中继续我的旅行。米确老人也将伴随我走一段路程，到萨摩鄂杜（Samoyed）民族的居住地区看看，老人与那里的萨满教领袖有着密切的友好往来。

　　为此，我们尽量把出行的一切准备都做好了。闲暇时，我们俩还经常出去打猎，并将来年冬季的计划也商谈好了。按道理应该两三天以前就到来的商队至今还没有到，近两天，草原上还是下着冰雹、雨雪，还曾刮过大风，总之，连续几天的恶劣天气是否影响了他们的行程？他们是否还在草原上的某个地方因躲避雨雪而逗留？我们很担心他们。

　　最终，在四月中旬的某一天，商队来到了。他们赶着二十五辆货车，牵着十匹骆驼，还领着很多只狗。这个商队在苏尔古特停留了两三天，整理货物、补给所需之后，穿越荒凉的大草原，朝着图鲁汉斯克启程了。因为商队没有给我让一个座位，所以我自己准备了马和车，而米确老人准备了狗拉的大雪橇，还能带上狗。他还打算往更北的地方去，想到萨摩鄂杜（Samoyed）人居住的地方。他要去的那条路上的雪比我走的那条路上还要多，所以准备了雪橇。

　　商队在苏尔古特滞留了三其间，整个苏尔古特充满了活跃气氛，就像从漫长的冬眠中睡醒了一样。每当商人携带商品路过时，草原上的城镇都表现得非常热闹和活跃。趁他们还在这个市里的时候，我们与他们的向导取得了联系，把我们的意图表达给他们，这位向导不仅一点也没有反对接纳我们，甚至非常高兴地答应了我们的要求。他高兴的是自己的商队又增加了持有枪械，而且非常熟悉草原的人。

153

蒙古西伯利亚

踏破记

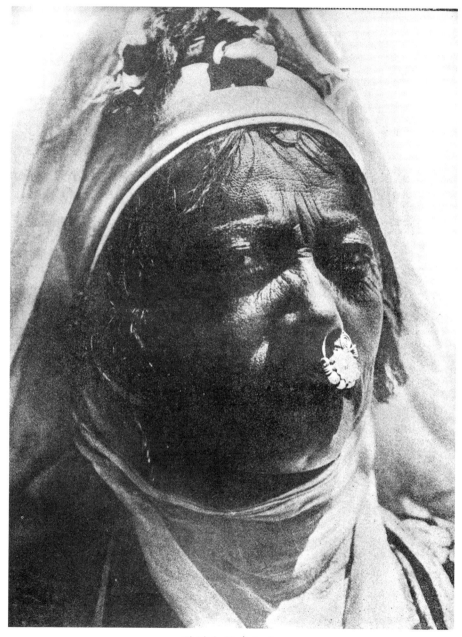

塔塔尔的贵妇人

阿尔泰山脉中的塔塔尔猎人

我和米确老人一起在他的小屋子里度过了最后一个夜晚。我们交谈着，回忆了在这个小屋里度过的愉快的日日夜夜。如今就要分别之际，回想当时，确实是幸福愉快的。最近一周时间内，我们俩一起生活的时候增多了，细细回忆起来，我们俩最困难的一次体验还是在草原上遭遇暴风雪的那一个夜晚。从那以后我们俩几乎谁也离不开谁了，老人几乎把我当成自己的亲儿子一样看待，他把自己所有的东西都给了我。而我呢？连一分钱都没有给他，就接受了他那么多东西。在这个世界上，他连一个朋友都没有，但是，他的心被我紧紧地吸引住了。

四月的一天早上，我们跟随商队人马，朝着东北方向出发了。我们要去的地方在遥远的几千里之外，要通过非常困难、危险的路程，赶到雅库特人、通古斯人等居住的叫作什么图鲁汉斯克的地方。我们计划，根据当时当地的天气情况，这次穿越草原的旅行大约需要十周乃至十二周的时间。

草原以阴森的面孔迎接了我们的商队。最近，太阳暖暖地照耀在草原上，因为屡屡下雨，部分积雪已经融化，又冻结成冰，所以便呈现出暗灰色。虽然夏天的草原非常美丽，寂静而寥落，但有时也富于变化。如果说冬天的草原穿上了一望无际的洁白的外套，并以无比强大的力量沉重地将所有的一切都包裹起来的话，春天的草原则略显阴森而鲁莽。尽管如此，她还是具有一种独特的韵味，每当季节变化时，她拥有不同的作用，带有不一样的危险，呈现出不一样的姿态。这，就是辽阔无际的西伯利亚草原。

我们行进的道路是具有沼泽地特点的区域，与其说是草原，还不如说是具有冻土性质的地带，所以一开始，我们极其轻松地行进了一段路程。不过，为了避免突然陷进沼泽、泥浆里，大家都非常用心地赶路。为了满足米确老人和我狩猎的爱好和欲望，我俩特意跟在商队成员们的最后头。

旅行的前三天结束了，极其单调、平淡地过去了。天空昏暗而阴森，有时下一点小雨，但没有妨碍我们正常的赶路。到了中午，大家停止赶路在原地午休。傍晚时，全体车马聚集在一起停止前进，准备宿营过夜。为了在各自的车上过得愉快，大家做了各种准备。点燃火堆后，有人在火上烧水煮茶，有人在车上弹起三弦，唱起了沉闷、悠扬的俄罗斯古民谣，还有人很早就钻进羊皮大衣里准备休息，只有当班放哨的人为了预防附近的狼群侵袭商队而在这冻土地带非常警戒、细心地瞭望着。这附近有很多成群结队的野狼，不过，狼是不会轻易靠近商队的，它们会从老远的地方暗暗观察、迂回而行，一旦察觉商队组织庞大，它们的袭击危险较大，就会悄悄地远离而去，消失不见了。

旅行六天以后，我们到了米确老人要和我们分开单独去北方萨摩鄂杜（Samoyed）人居住的那个地方的道路分叉点。最后，我又问了问他一个人乘着狗拉雪橇单独旅行有没有什么担忧的，我知道他走这条路不是第一次了，我只是想多听两次他的回答。他紧紧地握住我的手，指着天空说："苍天叫我返回，我还会回来的！"说完，他笑着上了长长的雪橇，一挥皮鞭，猎狗们疾风似的拉着主人奔向了萨摩鄂杜（Samoyed）人的黄教僧——萨满巫师那里。

他越走越远，没过多长时间，就渐渐地消失了。此时我的脑海里浮现了一种无奈的忧愁，我觉得我们这一辈子很难再相会了。

到此为止路况一直很不好，所以，动物们都吃尽了苦头往前走。不过，现在已经能看见路了，并且已经好走了，一天大约能走三十至三十五俄里的路程。今天好像老天爷也同情我，天空清澈万里，连续八天一直没有露面的太阳把大家厚厚的外套晒得暖洋洋的。

旅行的第十一天，我们再一次走进了野兽较多的地方，这里的野狼从四面八方袭扰我们。尽管如此，我们还是一天一天地接近了通古斯地区，有时也能看见小小的、用毛皮搭建起来的小房子散落在远处的草原上，我们还看到了当地居民的唯一财产——马群。随着进一步的深入，草原的景色也在发生着变化，已经到处春意盎然了。冬天的积雪融化成潺潺不断的河流，不管我们走到哪里，都必须涉水过河，还曾赶着车马在泥土和沼泽里陷入进退维谷的状态。为了将陷入泥浆的伙伴拉出来，大家齐心协力地工作了好几个小时。在白天强烈的阳光照射下，草原上的雪几乎都融化了，而草才刚刚露出褐色或灰色的嫩芽，绝对不可能在两周的时间里长出一米多高的草丛。

这里的雪一融化，水一但退去，过几天就能长出青草的嫩芽。这里夏季短暂，冬季漫长，因此，强烈的阳光一照射，草就迅速并且显著地生长起来。一到了这个季节，能证明两三周前这里曾有过好几米厚的积雪的证明物就什么都没有了。只有在这个季节，对于这个地区草原上的一切植物、生物来讲，才是迎来了自己生长的黄金期。在北方地区太阳光的照射下，像金子一样闪闪发光的、翻着波浪的草就是这里草原上的至高无上的财富。

在这里，有的地区具有冻土地带的地质特征，有的像沙漠中的绿洲般横亘的部分也被夹在其中。在北方夏天夜晚的沼泽里，据说经常出现与黄教僧萨满神相对立的恶神，给萨满神的部族带来吉凶。

随着我们旅行时间的延长，天气一天一天地像夏天似的炎热起来，渐渐地白昼长、黑夜短了。不，准确地说，夜间几乎没有变成昏暗的时候也经常有了。

旅行已经过了三周的时间，我们决定在今天将要到达的宿营地休息两

157

蒙古西伯利亚踏破记

天。虽然最近的旅行路况和天气一直都很好，但是人和马还是相当的疲劳、憔悴。这几天我们一直很幸运，天气一直非常好，大家都希望在今后的大部分路段仍是好天气。然而我算错了天气。傍晚时分，天气突然开始变化，天空出现了阴云，雾气也笼罩着大地，接着下起了毛毛细雨。为了不被雨水淋透，大家必须尽量快走，早一点到达宿营地。在草原上，当你满载货物的时候，有时就会出现往前走不了、往后也无法退却的这种进退维谷的状况。恰好在这个季节，草原上常有连续二十个小时不停地下雨的现象，叫作"霖雨"。这场雨的一切征兆就像我们的一位向导说的那样，我们目前正面临着这种叫作"霖雨"的淫雨。大家都快要累死了，并且都已经被淋湿，当我们赶到休息场所的时候，天已经几乎全黑了。虽然说是休息场所，请不要想错了，其实没有任何可供休息的特别场所，只是草原上的一块洼凹地，还有高地的一个地点而已。因为来来往往的商队行人都习惯了在这里休息，自然而然地就变成了商队的宿营地。洼凹地是暴风雪天气的宿营地，而高地的宿营地则是雨天防备洪水而选的地点，这些宿营地或多或少地从不同的角度保护了商队的人马。不管怎么说，这些场所是人们对草原某种程度上的认识的表现，由此，对野狼的侵袭也起到了防范的作用。这一带野狼不太多，但是偶尔也有狼群出没。我们到达此地时已经是雨季了，为了防备霖雨导致的洪水浸泡、冲毁，我们选择高地搭建了帐篷。我们急急忙忙地搭起平顶帐篷，其高度正好能让人站立着出入，大小大概能容纳十五到二十人入住。货车每两辆一组并列在一起，把马都拴在车上，不言而喻的是，必须在马匹旁边安排监视和放哨的人员。这些工作都安排好之后，各组人员按组分别进入帐篷内休息了。

烧水壶唱起了自己的曲子。各位成员为了应对今后的困难、艰苦，都开始休息、放松。雨越下越大，最终除了下雨的声音以外，其他什么声音都听不到。因为夜里比较寒冷，所以一整夜各处都点燃了火堆。外边的雨很单调地下了又下，一直不停地下着。帐篷内的火光投映出令人讨厌的怪异的影子。从附近不知道什么地方传来了当地到处都有的鬣犬的吠叫声。周围的一切都已入睡。这是一个幽灵出没的奇怪的夜晚，这是西伯利亚北端一个恐怖、瘆人的夜晚，我眼睁睁地环视着周围，等待着出来什么可怕的东西。昏暗的草原，单调的夜晚，阴森、恐怖而博大的样子，就像

草原上的游牧村（毡房前面的堆积物是做燃料用的干野兽粪）

过桥的商队

蒙古西伯利亚

踏破记

尖锐的利刺一样扎在我的神经上。这一夜，好长时间里我一点也没有合上眼睛。我起身，走到还在下着雨的帐篷外，迎接我的是伸手不见五指的漆黑。下雨的声音极其嘈杂，几乎听不见周围的马匹等动物的动静，近在咫尺的东西都看不清，于是我伸手去触摸马匹，想了解马匹的情况。

在距离马匹大概还有三步远的地方，我察觉好像一只什么动物从我眼前一闪而过。到底是什么东西？是狼来了？还是狗？接着的一瞬间，我看见两束绿光朝我闪了一下，同时传来了好像什么动物咽喉里发出的低沉、微弱、长长的吼叫声。我立刻意识到一定是有野狼侵入，在干什么坏事。果然没出所料，趁着雨水不停地下着的机会，野狼潜入马匹身边，向离草原最近的、站在最外侧的一匹马下了手。这就是刚刚发生的事情，当我走近的时候马还有呼吸，还有体温。可恶的野狼趁下雨的绝妙机会袭击了一匹马，可以说，是雨庇护野狼潜入了马群里。要不是阴雨天的话，狼根本做不到潜入、袭击之类的事情，而要是好天气，马也会从老远就嗅到狼的气味而发出警戒信号的。遗憾的是，狼还是钻了下大雨、刮大风这一对它们非常有利的空当。

我仔细看了看被狼袭击的那匹马，它正好是咽喉被狼咬住而发不出声音，而且，它在呼吸被卡住的情况下只是无声地与狼战斗，这样，其他马就好像没有察觉。事后，我们加倍增加了巡视、放哨的人员。狼一旦咬死猎物之后，不会轻易放弃猎物而逃走，而是会想尽一切办法、利用一切机会再来夺走或吃掉猎物，这是确确实实的事情。我在昏暗的下雨之夜，由于这个意外的事情不仅全身被雨淋湿了，更知道了休息、放松身体的必要性。我更换了湿衣服，最后入睡时已经是午夜之后好长时间了。

第二天醒来时天已经很晚了。起床后，我首先确认的是雨还是跟昨天一样，一点没有减弱。我在昨天夜里的冒险举动很快传遍了整个商队。对于我们商队的整体利益来讲，我及时发现入侵的野狼确实是一件好事，否则，也许会有更大的灾难降临在我们的头上。下雨把我们耽误得什么事情都做不成，我们只好把帐篷当作唯一的依靠整天待在里面。

傍晚时虽然天空还是昏暗的，但是雨渐渐地或停或下，取而代之的是刮起了猛烈的风。过了一会儿，云层渐渐地被吹散，月亮露了出来。大约又过了一个小时后，我们看见了完全放晴的天空，月亮也越来越明亮了。

这一夜，我们没有任何恐慌，明亮的月光一直守护着我们。夜晚，除了常有的野狼的号叫声外，没有其他任何声音，我们静静地过了一个夜晚。接着，我们很幸运地享受了暖洋洋的太阳照射着的难以想象的好天气。

12 通古斯的 "大神灵"

北方的草原上春天已经来临。体验不到这个季节的明显变化的人，根本无法想象出草原的春天。经过漫长的冬眠后，大草原上自然的成长、变化是难以用笔墨来表达的。这个变化无常的光景，常常梦幻般地从人们的身边擦肩而过。

> 北方的草原啊！北方的夏天啊！
> 北方的苍天啊！北方的夜晚啊！
> 寂寞地坐在篝火旁，
> 唯有守护我们民族命运的萨满神
> 知晓你的力量！

我们的休息日静静地过去了，人、马都已经休息好。都为了继续的旅行而恢复了体力。

第二天早晨，我们早早地启程了。路面上土质比较干硬，我们能很轻松地往前行进，渐渐地，我们走进了通古斯地区。为了观察、了解几处通古斯人生产、生活的特点，我打算中断旅行。和往常一样，吃完午饭午休后，我与商队人马分手，自己一个人朝着北方奔了过去，因为在远处的地平线上，我已经看见了通古斯人居住的小房屋。

我的马拉着轻便的草原小马车欢快地跑了过去。然而，为了确认小房屋是通古斯人的，我花费了一些时间。我已经和商队分手，看不见他们了，太阳也已经很接近地平线，但是要赶到通古斯人的小房子前至少还要两三个钟头的时间。突然，我的小马车的车轮下面发出了一个好像把什么东西压碎了的声音，我下车仔细一看，左侧的后轮已经脱落。天已经黑了，在路上修车是根本不可能的，我把马从车上卸下来，然后从随身的东西中挑出最有用的带在身上，把其他东西和车一起放在草原上，然后我骑上马走到了村子里。

这里的人们在我到达之前一直在看着我的举动，这个部族中的所有人都已经知道来了一位外国人。部落长迎接了我，并询问了我的要求、希望等等。部落长同时也是医师和萨满巫师，全部落的人都无条件地服从他的命令。他在部落内使用的是外人听不懂的语言。这位萨满巫师只懂几句简单的俄语，对我的询问结束后，萨满巫师向"大神灵"请教了我的到来对整个部落是否有害之类的问题，一直到"神灵"答复，他对我抱着很大的戒备心理。对于萨满巫师向神灵请教的仪式，我曾在别的地方的其他部族中观察、了解过这种仪式。其基本形式是：萨满巫师进入医疗治病的帐篷内，这个帐篷内只有他一个人。他先在帐篷里停留一会儿，然后让一种动物发出莫名其妙的叫声，接着让这种动物围绕着点燃的火堆跳舞。这些结束之后，让外来者也进到帐篷里，然后把刚才的声音和动作在外来者面前再重复一遍。之后，萨满巫师想借外来者在本地滞留为由挣一笔钱财，便开始与外来者商议索要事宜。我其实非常了解这个仪式，但一开始把我领进帐篷里的时候，我假装什么都听不懂的样子。这个狡猾的巫师要来要去是想向我索要他自己用的手枪的子弹，并要求我把手枪也留给他一把。我为了使自己的物资尽量减少损失，假装出什么都不知道的样子。后来，我们俩之间达成了妥协，我答应给他二十发子弹、一把匕首，"大神灵"允许我在他们的村子里留宿了。

现在我必须再一次从帐篷里走出去，村子的守护者接待了我。萨满巫师又一次自己一个人走进帐篷里，这次他表演的是降魔舞蹈。在他表演期间，我由守护人员领着去了村里的集合所。但是等了半天，部落长还是迟迟不过来。几个戴面具装饰的村民唱着祈祷词来到了集合所，告诉我通古斯人的"大神灵"已经准许我留在村里待几天了。村民们高兴地从四面八方而来向我表示祝贺，然后，他们为我指定了一个让我专用的小屋。

过了一会儿，一位通古斯男子带着我留在草原上的东西和车来到了我这里，把我的东西送过来之后，又进来一位老妇女，给我送来了油灯和吃

蒙古西伯利亚踏破记

在沼泽地

羊群是草原居民的财富

的东西。按照我们平常的思维，送来的这些东西都是无法使用、不可想象
的。油灯是在一小盘鱼油里放上一片树皮做成的简易的东西。看起来简单
得都可怜了，不过一点燃树皮的一端，小屋里就有了能看见东西的微弱的
光亮。送来的食物是一碗像血一样的红色的生粥，还有喝的马奶以及吃的
干肉等。我没敢去碰那碗像血一样的生粥，但是其他东西都吃了一点，非
常好吃、可口。睡觉用的寝具是送来的一块毛皮，所以不用担心受凉、挨
冻的问题了。一回想起旅途中的艰辛、劳苦，我就为能住上有固定的屋顶
的房子而感到由衷的满足。静静地熟睡了一夜，天亮后，通古斯老妇又来
到了我的住处。这次她送来的除了血红色的粥以外，其他东西都和昨晚的
一样。替换掉血红色的粥，她给我送来了一片意想不到的马肉，而且是生
的，放在一块木头板子上。要在北极的各个氏族、部落之中生活一个阶
段，必须适应当地人的风俗习惯。不过，每天都必须打扫屋子、庭院等
等，对我而言几乎是不可想象的，换作是我自己，每隔两三天才认真地清

蒙古西伯利亚

踏破记

扫一回就不错了，也十分满足了。

因为我听不懂他们的语言，所以沟通一直非常困难。通古斯人是主要以捕猎毛皮类野兽、捕鱼为生，有的地方以牧马为生计的民族。北方草原或冻土地带的居民，经常会被各种危险困扰，他们在这样的环境中已经顽强地适应，并得到了锻炼。他们居住的小房子基本上与塔塔尔人、吉尔吉斯人的小屋相似，但屋顶是尖的，内外都用兽皮遮盖着。这一带的居民在萨满巫师的带领下，夏季主要以游牧为主，冬季以定居为主，在固定的小房子里度过冬季，一直生活到春天。他们住在固定的房屋里，捕猎毛皮野兽是他们的主要收入来源。

他们的家庭生活以家长制为特点，父亲决定家里的一切事务。不仅如此，女儿一到结婚的年龄，谁给的彩礼、聘金多，就把女儿卖给谁，这一切只能父亲一人说了算。其实女儿已经有了自己中意的男人和恋人的情况也不是稀有的，尽管女儿不愿意买卖婚姻，但是仍然必须服从部落、家庭、部族的风俗习惯，必须服从父亲所做的决定，否则，将会被从家族中驱逐出去。有时年轻女子不得不选择与恋人一起私奔，一旦发生类似情况，通常是远处的其他部落家族收容了私奔的恋人。

在通古斯人当中，婚礼是除了供奉"大神灵"的庙会以外又一大型的庆典。"大神灵"是能看到一切、听到一切、做到一切的所谓全智全能的神，而通古斯人是非常淳朴的民族，他们绝对服从自己的民族、部落的萨满巫师和"大神灵"，他们比欧洲的许多民族更具有高尚的道德水准。所谓的文明民族普遍具有的强烈的憎恶、嫉妒、奸诈等等的东西，通古斯人根本不知道那些是什么。

部落、部族中一旦有人干了坏事，便会召开长老会议，干坏事的人站在大家面前等待判决。通古斯人非常恐惧在全部落家族面前被判决，谁一旦犯了罪，知道自己将要被拉到大家面前罚站或处决时，都会想尽一切办法逃之夭夭。逃跑者或者逃到远处其他部落、部族里生活，或者跑到草原上，在走投无路的境地下而丧失生命。其实，任何一个部落、部族都不会接受、容纳逃亡者，所以，逃亡者的结局都是唯一的，即死亡。逃亡者一旦归属相邻的其他部落或部族，其罪行更严重。如果逃跑者背叛本族归属其他部落、部族，其实很容易被发现，因为每一个通古斯人都有各自家族、部落的特殊符号。

供奉"大神灵"的庙会每年举办一次。不是每一个家族或部族都庆祝这个节日或庙会，而是全体通古斯的同族人在每年指定的灵场或庙会场所举行，通常在一月份集会。虽然各个部落、部族也有自己的庙会，但这些庙会一般会在年前的十二月就选择适当的时间结束。同族中的各个小家族、部落——通常由八人乃至十人组成——他们也在小家族、部落的范围举办供奉"大神灵"的庙会。这个时候，一般要在一周之前就把供奉需要的用品都准备好。供品一般是少量的肉、鱼以及鱼油等，这些东西有时在当天供奉完之后就被大家吃掉了。

向"大神灵"也供奉牺牲品，这些供品通常是肉、鱼以及乳制品等，一般在供奉场地的大篝火里烧掉。本族的萨满巫师会于庙会的前一天装扮成威严凶恶的样子，在脸上或者面具上画上怪异的画像，在大家面前装神弄鬼。在萨满巫师跳舞期间，村民们在鱼油灯的周围坐成圆圈，静静地观看。庙会一般是在半夜开始并持续一个晚上，这一夜不允许吃任何东西，因为庙会的第一天夜晚是供奉"大神灵"的，而供物都由"大神灵"享用，以此来祈求第二年的幸福、安康和收获。萨满巫师们真心实意地投入跳舞、跳神的仪式之中，一直跳到完全丧失意识甚至倒地起不来为止，然后由少女们登场跳舞，而且要求跳舞的少女们必须是没有接触过男人的、纯洁的少女。

我曾经从一位萨满巫师那里听说过，有的少女会在庙会庆典的跳舞期间失去少女的纯洁，这主要是为了获得"大神灵"给予的幸福和保佑，作为代价，少女要牺牲自己的贞操。这种说法是否真实，我不敢做保证。

第二天早上，要为"大神灵"点亮一盏特大的表示欢庆的灯笼，这样，真正的庙会仪式以此为标志宣布结束。然后开始操办酒席，村民们都有资格平等地参加酒宴，比较亲密的族人则一整天在宴席上一起吃喝。在酒宴期间，部落或家族之间为了表示亲情，常常挑选年轻人参加相互之间的竞技表演。

更重要的是在酒宴期间，有时举行选举首领、订立协议等等重大的活动。有的萨满巫师在家族或部族中的评价不好、名声不佳时，必须利用这个机会在萨满教长老会议上站在大家面前辩明是非。如果说不清楚，则会

蒙古西伯利亚

踏破记

被罢黜萨满巫师的资格、名誉，并进行改选。这也是庆典大会上形成庆典的一项内容。在此期间，在八天甚至八天以上的时间里，各个家族、部落都聚集在一起欢度节日，之后，则各回他乡。也有途中造访亲近家族或部落，再共同欢乐几周后才回到家的。

13 草原上的婚礼

除了供奉"大神灵"的大型庙会活动以外，结婚典礼也是一项大型的庆典，非常有值得介绍的价值。婚礼也是全家族、部落都必须参加的大型的庆祝活动，某男子想娶一个女子做妻子，他必须花重金才能娶回该女子。女子的父亲代表全家接受聘金——很多时候是由马匹、一定数量的鱼、毛皮等充当。觉得聘金数量不足时，男子便回去拼命劳动，一直攒钱，达到女子父亲提出的数额。除了聘金以外，男子还必须有自己的毡房，必须有一定数量的家畜，以此来抚养妻子，养家糊口。如果父亲和女儿答应了，就可以举办婚礼了。男子结婚之前要暂时离开村子或者去草原上，或者去离海近的地方，拼命劳动一个时期，尽量多地捕获野兽和鱼类。男子越勇敢，越受到女方的尊重。直到结婚的那一天，捕获的东西带来得越多，越得到女方家人的爱戴。女儿的父母亲则为女儿出嫁的婚宴而精心准备，以此向亲人表示自己的女儿有了如意郎君的喜悦心情。

在婚宴的前一天晚上，要招待村里人大吃大喝。在这个宴席上，萨满巫师也来唱歌献舞，并向"大神灵"祈祷，征询"大神灵"对婚礼赞成与否。通过祈祷、唱歌等活动，萨满巫师得到的钱越多，就越要祈祷、参拜神灵，以此来证明两位年轻人的结合符合"大神灵"的旨意，是得到"大神灵"保佑的，"大神灵"为他们的结合而感到高兴等。

为婚礼而点燃的喜庆的篝火要燃烧一整夜，而且只能是新郎的父亲和新娘的父亲在篝火上添薪加柴。出嫁的头一天晚上，女儿要在母亲身边住，姐妹们都要为出嫁的新人放声大哭。如果没有亲姐妹，那么别人家的少女、同伴就来为她送行、为她哭送。哭着送行表达的是姑娘要离开父母、亲人出嫁到远方的悲伤心情。

伴随着太阳的升起，庆典的主要内容基本结束。与新郎新娘的父母亲一起，萨满巫师还要进行剩余的仪式。在村里的会议场所，萨满巫师和村里的长老们坐在一起等待着，在他们面前放着一张大块的毛皮，新娘及其双亲从一方，新郎及其双亲从另一方走过来，新娘将在萨满巫师面前领取自己的聘金。此项仪式结束后，萨满巫师在面前的毛皮周围转圈跳舞，然后，新郎新娘静静地钻到毛皮下。萨满巫师虔诚地向"大神灵"祈求，允许一对新人结合。最后萨满巫师发出响亮的咬牙的声音，这便是仪式结束的信号，听见信号后，新郎新娘起身互相接吻，以脸、鼻子触碰对方的脸和鼻子等，以此证明他和她已成为夫妻，可以在自己的毡房里一起生活了。村里的年轻人在两位新人的毡房门口等待他们归来，两位新人在拍手欢迎的气氛中走进新房里。

算上今天，我已经在这个家族里待了八天以上的时间，交到了各种各样的朋友，每次去草原他们都忠实地陪伴着我。我的语言交际能力还是很差，都是靠手势、肢体语言来跟他们交流的，有时也会发生双方不了解，而且互不理解的情况。

一天晚上，我想要一个东西，但他们对此并不明白，不仅没有给我送来想要的东西，反而给我领来了一位年龄在十四五岁左右的少女。那个少女一进屋就脱了外套，并坐在了我的身边。时间已经很晚了，村子里都已经非常安静，我只好向她示意，希望她走出我的房间。但是，她不仅没有走出去，反而披上了我的外套。她想在我的房间里睡觉，并躺到了我的床上，还给我暗示了一个别的意思。因为我不想和她吵架，所以我就让她留下了。从这一天开始，她就住在我这里负责照顾我的一切事情了。

我在傍晚的时候，常常趁着昏暗出去散步，有时就走到了村外。每次散步的时候我都看见萨满巫师静静地、一动不动地坐在他的医疗帐篷的火堆旁边。我看不懂他这么做的理由，有一天，我按捺不住地问了一位朋友。然而，听了他的回答我还是没有搞清楚他说的是什么意思。于是我决定利用这几天，找个适当的机会，亲自去问那位萨满巫师。当我问巫师为什么每天都一个人静静地坐在帐篷里的火堆旁时，他给我的回答是：为了不让这个家族、部落遭遇不幸和苦难，他每天都在与"大神灵"说话。我实在无法相信他的回答，因为我觉得萨满巫师都是不劳而获的懒惰者，他们每天想的都是怎样挣更多的钱。尽管如此，我还是想知道他经常通宵坐在火堆旁的原因，为此我特意假装在傍晚的时候出去打猎，以便有理由自由进出村子，自由活动。

村里的人们白天几乎都在村子外面，他们做着各种各样的工作：有的人放马，关照马群；有的人出去打猎；有的人上山采集野果；有的人捕鱼；有的人割草，为过冬而贮藏干草。这样，不管什么时间，我都能按照自己喜欢的时间段进出村子，于是，我观察到萨满巫师有时白天晒太阳或躺在屋里睡觉，有时也坐在他的医疗帐篷里，为村民制药，更多的时候是被患者的家人请到家里为患者看病，因为他还是一名兼职的医生。然而，最近这位萨满巫师没有及时治好一位患者很容易治的病，患者因此去世了，发生了这种医疗事故，在村子里就形成了反对这个萨满巫师的呼声。我很欣然地融入这个村子里反对的呼声中。后来我在这个村子里发现了一个算得上一伙人的头目的人，我想从他那里悄悄地打听一些关于巫师的情况，然而我很快就明白了自己那么做有多无聊。根据我的所见所闻，萨满教徒们如此强烈地反对他们自己家族、部落的兄弟——这个村子里的长老及萨满巫师兼医师，必定有一个非常重要的理由。

有一天，我从草原上回来的时候夜已经很深了，从医疗帐篷旁边经过的时候，我看见帐篷里不光巫师一个人在。我很好奇地进一步靠近帐篷，从细缝中看到了帐篷里的情况。我看见一个从未在这个村子见过的俄罗斯人在里面，他们的样子很可疑，后来才知道其实萨满巫师跟那位俄罗斯人在私下交易。巫师的部下、近邻好像都不知道他们的这种行为，要不是需要交易，他根本不会整夜静静地坐在帐篷里。

没过多久，我就和这个部落告别了。后来听说这位萨满巫师为了赎罪，让村民们把他当了供奉"大神灵"的牺牲品。很遗憾我没有听说其中更确切、更深一层的原因。

蒙古西伯利亚踏破记

14 北冰洋上的渔猎

一天早晨，我的朋友来问我有没有跟他们一起去捕鱼的心情。现在是捕鱼最好的季节，所以我欣然接受了他们的邀请，而我最好奇的是他们究竟去哪里捕鱼。还没到半个小时，他们就过来接我了，一看他们准备的情况，我就意识到这次肯定要走很久才能到达捕鱼的地方，为此，我也做了一些适当的准备。大约过了一个钟头的时间，我们一行八人赶着四辆车，朝着北方出发了。

上车后，我向邀请我的朋友问了一下我们要去的目的地，他们说路上大约要走六天时间，去北冰洋海岸上捕鱼，对此我感到非常吃惊。他们这些人非常熟悉草原上的事情，实在是让人不可思议，真让人佩服得五体投地。在草原上，根本没有什么路标，而且在夏天，不管看什么，不管看到哪里，都是一模一样，但他们没有一点迷路的样子，沿着自己找到的路在草原上顺利地向前行进。经过相当艰苦，但基本没有什么障碍的连续六天的奔波，在第六天的傍晚时分，我们来到了大海边。

随着靠近海边，地形地貌发生了很大的变化。这里随处可见的是灌木丛，而草原的特点丝毫不见了。沼泽、冻土地带越来越宽广，宽度大约十公里的沼泽、冻土地带明显向海边延伸而去。我们在大约有人的膝盖高的灌木林背后搭建了帐篷，并准备了在此暂住两三天所需的设备、物品等，他们还带来了用几根木棒组合捆绑在一起、上面铺上毛皮就能使用的三个简易划艇。虽然是夏季，但这里的海边极其寒冷，为了御寒，也为了防备猛兽袭击，必须点燃篝火。

第二天，我们的捕鱼用具的准备工作一切就绪，小划艇也组装好了，于是由在这一带最富有经验的几个人组成的第一组人员划着简易小划艇下

塞米巴拉金斯克附近蒙古人的商队向导

蒙古西伯利亚

踏破记

鄂木斯克附近的额尔齐斯河岸

海了。水面比较平静，所以为了多捕鱼，并尽量捕大鱼，小划艇划向了离岸较远的海面上。

我们几个人留在海岸上。渔具主要是金舌叉、扎枪等，这里的人们还不知道使用渔网。好天气的时候，小划艇可以划到我们视线以外较远的近海海面上。然而有时在轻微的风浪中，小划艇也被风浪颠簸得时隐时现，令人担忧。到了傍晚时分，小划艇满载着捕获的鱼回到岸边。虽然渔具比较原始、笨重，但捕获的猎物又多又大。伙伴们马上切开鱼肚子，开始了晾晒的工作，内脏可以用来当作明天捕猎用的诱饵。通古斯人为了满足冬季供全村人食用的鱼量，每天都划着小划艇下海捕鱼，一艘小划艇一天当中下两次海的情况也并不罕见。同时他们在各个地方烧制鱼油，当捕获到一种大鱼，就把内脏也带回来精选其中的某些部分制作绳索。

大约捕猎八天后，突然刮来了狂风。我觉得小划艇好像都要被狂风刮走了，一切都会损失掉。然而，老练的猎手们早已预测到了天气的变化，并在狂风暴雨就要到来之前的短暂时间内，将小划艇和捕获的鱼都转移到了安全的地方。狂风肆虐了两天，这两天内我们经常不断地将帐篷的绳索勒严系紧，过得胆战心惊，当然，想都不敢再想下海划小划艇之类的事情。有的伙伴还想在这里多停留几天继续捕鱼，有的伙伴提出将捕获的一部分鱼先搬回村子里。我自己呢，在他们这个部落已经待了相当长的一段时间，而且夏季也即将过去，所以我同另外两名伙伴一起担负起往村子里搬运猎物的任务，其他伙伴们仍然留在这里继续捕鱼，进一步充分地准备供冬季食用的鱼肉。我与留下来的几名伙伴挥泪告别，不大一会儿就离开海岸，启程赶往村子。

我的随从也同我一样牢记了回去的路，但是因为马拉的货物较多，回去时马跑得不像来的时候那样快。来的时候六天时间就够了，而回去的时候整整走了八天。

我们赶着货车满载而归的时候，全村都沉浸在欢天喜地的欢乐气氛中，妇女们立刻着手做起了过冬食物的贮藏、加工等工作。我不在这个村子的这段时间里，村民们贮藏了令人吃惊的、大量的干草以及其他冬季用的食物。当他们得知我将要离开他们村子的消息后，都十分难过，如果可以的话，他们想把我一直留在这里，以便以后遇上什么问题时有我的忠告和计策。我在这里又继续住了几天，趁此时机做好了去图鲁汉斯克旅行的准备。我的旅行用的马车也修好了，并从萨满巫师那里得到了一套宿营用的帐篷。他赠送的这一套礼物，对于我来讲非常难得，我真是感激不尽。从这里到图鲁汉斯克我还得旅行八天乃至十五天，如果没有这一套帐篷的话，我在草原上只能在马车下面过夜。

蒙古西伯利亚

踏破记

15　奇妙的插叙——草原上的少女札茹拉玛

我与如此亲近、忠实的朋友们告别是在七月末的时候。分别时，他们在我的车上装满了各种各样的食物，另外还有赠送给我的毛皮、萨满巫师赠送的一套帐篷等等，满满地载了一车的物品，我费了九牛二虎之力才勉强给自己找了一个座位。分别之际发生的事情是我全部旅行中所体验到的最奇妙的故事。

我雇佣的勤杂员少女一开始并没有充分理解我的事情，最初的一瞬间她是非常快乐的，她原以为我把从海边拉来的鱼交给村民以后还要返回海边继续打鱼，不久她明白了我不是要返回海边，而是要离开这个部族继续我的旅行，于是，她来到我住的地方，跟我说她想跟我一起走。此时萨满巫师已经与我告辞回了家，而在我周围还有很多村民，所以我当着大家的面，想尽一切办法向她说清楚我不能带她一起走的理由。我跟少女还没有说完话，我原来雇用过的那位妇女把少女随身要带的一切物品都扔到了我的车上，所幸关键时刻萨满巫师又返回来帮我劝说了少女。他把和少女谈妥的结果告诉我：她坐我的车走到半路后在亲戚家下车。少女想坐我的顺路车到亲戚那里，所以，萨满巫师请求我如果没有什么影响的话，尽量把少女带上，顺便送到她亲戚那里。我在这个村子里得到了大家莫大的热情和帮助，所以，对这一点点的小要求，我无法拒绝，于是就答应把这个"行李"（指少女——译者）接受下来了。我想马上就出发，但因为少女的这个事情耽误了我不少的时间，真是意想不到的麻烦。正在这时，萨满巫师赠送的两匹马拉的马车赶过来了，这辆车勉强能拉走这件"货物"（指少女——译者）。看来我不是一个人在草原上赶路了，又多了一个棘手的货，当然，我也没有产生过坏的想法。在通古斯人中间，我跟妇女们谈

来到新的家乡的札茹拉玛

蒙古西伯利亚

踏破记

春天额尔齐斯河进入泛滥季节

起话来也像跟男人谈话一样无拘无束，什么都能交流。

到了这个时候，草原的样子发生了很大的变化，季节正在从夏天向冬天急速地转变。我们旅行的第一天天气非常好，晚上我们搭好帐篷，在帐篷前面点燃火堆，燃烧了一整夜。我们把马拴在帐篷旁边的车上，少女札茹拉玛准备了我们的晚餐，吃完饭后我们就躺下休息了。这位通古斯少女札茹拉玛可能是习惯了，对各种吵闹的声音一点也不在乎。她在草原上生长，身体非常粗壮结实，不仅如此，她还能对外面的噪音进行敏感的分辨、确认。

一天夜晚，那是我们两个人旅行的第六天的夜晚，她突然把我叫起来，告诉我帐篷外面出事了。我起身端起枪出去，外面已经是黎明前夕，火堆已经全部熄灭，周围还是一片昏暗。从马匹不安的举动中我意识到外面肯定有了险情。我悄悄地走近马匹，其实不过只相隔着六步左右的距离，但我能感受到马匹因为我的靠近变得安心起来。我还是非常警戒的样子，在马匹旁边稍稍站了一会儿，注意观察着周围的声音和情况。突然，我看见帐篷的背后有两道绿色的光线。是一只野狼？一条鬣犬？还是迷路的老虎？我的脑子里顿时闪过无数个可能、无数个猜测。因为昏暗看不清楚，我没能确认到底是什么，我把子弹压进枪膛，做好了只要它现身就马上击毙它的准备。我一直在等，结果是我白白地等了半天，马匹也渐渐安静下来，由此我断定那只不明动物已经逃之夭夭了。后来我重新点燃篝火，进到帐篷里躺了一会儿。

札茹拉玛几乎具有与当地民族所有的人一样的特征，她以其聪慧、敏锐的反应能力救了我的马匹。

虽然好天气一直持续到了现在，但我几天之前就预测到了雨天将要来临。这一天早上，好像是我和札茹拉玛在一起的最后一天，寒气来袭，刺骨难忍，从上午开始，天空渐渐地阴沉了。这里从夏季转变为冬季了。所谓的季节变换时期，一般都有持续两三天的降雨天气，为了尽快走出这讨厌的草原地区，不能在这多待了，只要马匹休息好了就马上起程。

这一天天将黑的时候，我支起了宿营的帐篷。之后不大一会儿，就开始下起了雨。带帐篷真是明智之举，如果没有帐篷，就会被雨淋得连晾衣服的时间都没有，肯定会遭罪吧。夜间，大雨一刻都没有停止过，黎明前稍微减弱了一点，后来就停止了。我们还是打算想尽一切办法赶路，但是由于一夜的大雨，路面比较泥泞，走起路来就有一些困难了。

旅行的第九天接近中午的时候，我们的眼前出现了通古斯人的毛皮小房屋。然后又走了一下午，日落之前，我们走到了毛皮小屋跟前。这里正是札茹拉玛的那位亲戚家。我们受到了主人的热烈欢迎，他们就像老朋友一样热情款待了我，当然我也很高兴地接受了他们的热情招待。札茹拉玛提议我在这里住下来，考虑到去图鲁汉斯克的旅行还有一段路程，所以我决定在这里把最后一次的休息安排下来，休息一天。札茹拉玛在萨满巫师给我的帐篷里招待了我，并让我睡在那个帐篷里。从这里到图鲁汉斯克足足有二十俄里的路程，所以我又安排了一天的时间，做了通古斯人的客人。这个部落的萨满巫师是头发已经雪白、黄色的脸上布满皱纹的通古斯老人，他听说我还要住一天，特别高兴。休息的这一天，我将旅行用具重

蒙古西伯利亚踏破记

新整理了一下，将到达图鲁汉斯克后不用的东西都打好了捆包，以便携带。老萨满巫师为了做纪念，送给我五张珍奇的白狐狸皮，据说这些狐狸皮都是他自己捕猎的。

第二天，我向村民们告别后继续赶路，村子里的人们送了我一段路程，连老萨满巫师都出来送我走了很长的一段路。白天又下起了骤雨，我在路上连休息的时间都没有，日落西山前到达了目的地图鲁汉斯克。

16 北西伯利亚的集散地——图鲁汉斯克

　　我从苏尔古特一起来的商人处得到了几个在图鲁汉斯克可以住宿的旅馆地址，其中两三个旅馆的业务人员主动来劝我住他们的店，还有一家是在市区郊外、由俄罗斯人经营的有一个大的木制房屋的小规模商队旅馆。我想反正也得找一个地方住几天，所以觉得这郊外小旅馆还是不错的。我一到旅馆门口就听到了很多熟悉的声音，进去后发现商队的人们大都住在这里，而房间已经住满了。同时，我也受到了几位认识的商人们的热烈欢迎。虽然很担心旅馆已经满员，没有我睡的铺位了，但是到了晚上，我住的地方还是得到了解决。我的车马也由店里的工作人员安排到了适当的地方。

　　我把淋湿的衣服更换好以后，坐到了几位认识的商人们桌旁。听他们讲，来到这里后他们的生意非常不错，大家都赚了不菲的一笔，所以，大家都非常满足。他们也把我带来的两张优质毛皮高价收购，这样既成全了他们，也成全了我。夜已经很晚了，看得出来大家都喝了很多伏特加。这天夜里我睡得很沉，第二天早上很晚了才醒来。在这里，我还很好地享受了当地的泡澡堂，洗净了一路上的风尘，赶走了路途的劳顿。因为店主自己家里就有地道的俄罗斯式的澡池，所以我让好久没有享受过的身体尽情享受了一次泡澡的乐趣。洗完澡后，我在非常安静、轻松的气氛中享用了一顿纯俄罗斯风味的早餐。俄罗斯风味的早餐中首先必不可少的是有烧开水的烧水壶，再加上白面包、黄油、果子冻、香肠等，还要搭配伏特加。我已经好长时间没有吃到这样丰盛可口的早餐了。

　　旅馆的主人是来自俄罗斯伏尔加河畔的人，他住在这个地方已经有十五年的时间了。刚来这里时，他也是一位身无分文的打工仔，拼搏到现

在，他已经拥有了相当规模的产业，也攒了很多钱。他是以经营毛皮为主，打下了商业基础，总的来说，这里生活的人们都是以毛皮交易为职业维持着生活。

在图鲁汉斯克这个地方，你能碰到全俄罗斯的商人，商队人马不断地出入这个小镇。其实，把图鲁汉斯克称作城镇不是很合理，因为它只不过是草原上一个小小的商贸集散地而已。然而，她以优越的地理位置为起点，自然而然地，在不知不觉中发展成了毛皮交易中心地区。许多猎人也在这个市镇建立落脚点，然后以此地为中心点开展着他们的狩猎远征。

这里有许多草原上的居民，也有很多通古斯人，他们都是精致、高档毛皮衣物出色的制作者、供应商，牵着马、领着狗的商队人员常常带来数千张毛皮在此进行售卖。这里交易的毛皮主要是黑貂、黄狐和白狐，同时，因为在草原上能猎获大量的黄鼠狼，所以在这里的毛皮交易中，黄鼠狼皮也占据着相当大的份额。猎人们为了换取枪支弹药，他们常常把最优良的、价钱最高的毛皮拿出来进行交易。

图鲁汉斯克是北西伯利亚的毛皮商集散地，在这里能听到草原上各个民族的语言及方言，有萨摩鄂杜（Samoyed）人、雅库特人、通古斯人、维吾尔人、俄罗斯人等等。北西伯利亚草原上所有民族的人都能聚集到这里，还能见到从蒙古的内地、欧洲，甚至从"满洲"地区（中国的东北地区——译者注）来的人。来这里生活的人们几乎都是依靠毛皮交易或狩猎来维持生计的。

冬季严酷寒冷的空气占据了整个大草原，但是，目前下雪还较少。从一般情况来说，一到这个季节，镇上的外来人员较少，因为刚刚转入冬季，常住的大量商队人马都已经离开了。猎人、毛皮商人，还有冬季进城过冬的草原居民等等，大概是四周至六周前开始渐渐在这里聚集。

捕捉黄鼠狼的人也到来了。黄鼠狼是用铁夹子来捕获的猎物，所以，只有非常有耐性、不急躁而且特别细心的人才能专门从事黄鼠狼的捕猎。一般情况下，都是捕捉黄鼠狼的猎手们最先来到这里，因为他们每年都将捕猎工具——铁夹子存放在熟人那里，先来的人就将这些工具进行修理或添加新工具，做好捕猎前的准备。当寒冷袭来，下了第一场雪，捕捉黄鼠狼的猎手们就会走进草原开始捕猎。大多数毛皮猎手们来得比较晚，捕貂的猎人们大概到十二月份才过来，因为这个时候捕猎到的毛皮才是最优质、最上乘的。

这期间，我和这些猎人们相互认识，听说了很多捕捉毛皮兽类的有趣方法，而且我还和捕黄鼠狼的猎人去草原上待过三天，下过捕猎黄鼠狼的夹子，每次去都只是待两三天就回来。因为还没有到严冬季节，黄鼠狼毛色略显褐色。我们去的时候草原上雪兔非常多，每当雪兔出现在眼前时，就是我们开荤的时候。雪兔肉质鲜嫩，富有营养，尤其是肉肥的兔子，市里也有很大的需求。兔子肉野味十足，非常可口，特别是初冬季节，雪兔的食物充足，个大肉肥，所以在这个季节，雪兔是很好的野味。

渐渐地进入隆冬季节了。商队、猎手、商人络绎不绝地来到这个小镇，草原上的居民也带着自己夏、秋季节收获的农畜产品来到了这个小镇。人一天比一天多，镇里也热闹了起来。萨摩鄂杜（Samoyed）人赶着满载的狗拉雪橇从遥远的北方地区进到了城里，他们带来并投放到市场的很多产品都是白熊皮，还有各种各样的海豹皮等，都是最优质、最上等的毛皮。萨摩鄂杜（Samoyed）人也在这个镇里投资兴建了很多建筑。因为他们敢在这里花钱，所以被当地人看作贵客，他们自己也都是诚信待客、童叟无欺、一诺千金的商人。

现在，大雪已经持续了十六个多小时，还没有一点要停的迹象。云层厚而且低，整个天空都是阴沉的，气温已经降到零下二十五摄氏度甚至零下三十摄氏度了。而且，富有经验、善于观察天气的人已经预测出，在未来的二十五个小时内，气温将下降到零下四十五摄氏度甚至零下五十摄氏度，一场寒流即将来袭。穿着厚厚的防寒毛皮大衣，看起来像毛皮野兽一样的人在街上随处可见，除了有事必须出去的人以外，其他人大都坐在暖烘烘的火炉旁边，听着那水壶哗哗响。

旅馆的一部分人感觉到十分寒冷，而其他一部分人好像并没有在乎天气的冷暖。我们都觉得今晚不会再入住新的客人了，因为赶路的人一但感觉气温下降，要变天，都趁早在半路上搭起帐篷，做好了御寒过夜的准备。

傍晚开始又刮起了风，而且风越来越大，变成了狂风暴雪。狂风把雪刮到一起，地上积起了厚厚的雪。如果有一个人在这样的狂风暴雪中独自

183

蒙古西伯利亚踏破记

草原上吉尔吉斯人的石神

加工驼毛的古尔吉斯妇女

在野外，被活活冻死是毫无疑问的了。我的房间其实是一个间壁房间，就在店主的房间旁边，我们两个人常常在夜里聊天。客人们都休息了，我们两个人静静地坐着，听着外面狂野的暴风雪的声音。

突然，门被推开了，进来了一个无法辨认的白色雪人，浑身上下全是冻结的冰和雪。刚开始，我都紧张得不知道说什么好了，因为印象里今天的客人都已经在房间里休息了。过了一会儿我们才看出来，站在我们面前的就是捕捉黄鼠狼的猎手。今天一大早他和一个同伴一起出去狩猎，他们在越来越大的暴风雪中迷失方向，找不到回来的路了。临近天黑的时候，他们终于找到了正确的方向，并拼命地往回赶，终于在暴风雪来临之前回到了这里。这位猎人幸运地找到了旅馆，呆呆地站在我们面前，如果再在外面待上一两个钟头，死神肯定将他吞食了。为了暖和身体，我们首先帮他扫掉了身上的冰雪，又叫他脱掉了毛皮外套，大概过了半个小时后，为了让他的身体尽快恢复，我们三人坐在一起喝了茶和伏特加。少量的伏特加将冰雪中受冻难耐的人的身体恢复了过来，这时他已经能站起来了。

暴风雪持续了两天两夜。在这两天时间里，我们从早到晚一直是坐在一起喝茶闲聊，别的事情想做也做不成。意想不到的大雪，使得好多地方的积雪堆得像房子那样高。同时，这场大雪也是降温的预兆，预示着就此进入了名副其实的北极地区的冬季，这也正是毛皮猎手们希望的所谓的数九寒冬季节。

太阳再一次在冬天蔚蓝的天空中露了出来，比起洁白的、闪闪地反射阳光的白雪，阳光更加耀眼。尽管如此，现在这里的平均气温是零下四十五摄氏度。到了这个季节，每天都有猎手、商人大量地涌入镇里，给这座小城带来了酷寒季节中的活跃和繁荣。

如果每天待在镇里也显得特别无聊，所以我想尽早走出镇子看看。听说又有几名猎手明天要去东边的草原，我决定加入他们的队伍一起去看看。为了拉雪橇，现在我开始考虑要弄来几只狗。因为我目前只有一匹马，所以必须考虑狗的问题。我把马卖给旅店的主人，他帮我考虑了拉雪橇的狗的问题。一架雪橇平常由八只狗拉，并且随着拉载的货物的增加，狗的数量也必须增加。我也觉得一架雪橇至少需要八只狗。我的行李是一套防雪帐篷、三张大毛毯、一袋晒干的做燃料用的驼粪和狗的食物，其中燃料和食物等占去了雪橇的大部分地方。在备用的雪橇上我又带了一捆燃料。

我们一共十一人,另外还雇了一位向导兼看狗的人。这位向导是住在市里的最值得信赖的俄罗斯人,我的朋友们都曾经得到过他的帮助,而且每年都由他当向导。这样,我们总共十二人,带着二十架雪橇、一百条狗出发了。我们打算总共狩猎八周,因为往返各需要一周,所以计划了一共十周的狩猎活动,而且必须在圣诞节时返回图鲁汉斯克。

我们接受了留在旅馆的朋友们的祝福和送行,于十月初一个礼拜日的早晨出发了。当太阳刚刚从草原的东边升起的时候,我们开始向着草原进发。早上虽然天空晴朗,但是天气还是相当寒冷,远处传来了野狼的号叫声。我们的狗一个一个非常精神,在坚硬的雪地上不停地飞跑。我们一直不停息地在雪橇上连续地赶路,每天都至少赶五十俄里的路程。傍晚,像火一样鲜红的太阳落在白毛巾一样雪白的草原的一边。眼前的景象在我的眼里就像海市蜃楼,给予我丰富的幻觉,根本无法用文字表达出来。我想,不论是多么伟大的画家,不论他是多么伟大的艺术天才,也不可能把我们眼前的美景描绘到他的画板上。这种美景只有在北极的深处,只有在隆冬季节才能像魔术般出现,其他地区根本不会出现这种奇妙梦幻般的美景。

夜晚,我们在雪地上支起帐篷,并将帐篷的里外都盖上了毛皮。现在外面的气温虽然测出是零下五十二摄氏度,但我们的帐篷里还是非常暖和的。我们的帐篷是围着一个大的篝火堆搭建起来的,所以巡视、放哨的人员也始终可以看到帐篷外的情况。我们把雪橇靠着帐篷排成一个圆的围栏放在四周,把狗放在圆形的围栏里,既能随时观察,又能起到一定的保护作用。为了不让狗受冻,我们在围栏里也点了几堆火。狗是我们所有物品中最珍贵的,也是唯一值得依赖的朋友,如果没有狗,我们就像没腿的人。

就这样,我们一天一天朝着东方的狩猎场地义无反顾地前行,每天,晴朗天空中耀眼的阳光陪伴着我们,大家都被太阳晒成了非洲人一样。我们又连续赶了六天的路程。白天,有时也见过少量的野狼群,有时候狼群在夜里靠近过我们的宿营地,可是不一会儿就远远地离去,不见踪影。

17 狩猎远征

经过九天的长途跋涉，我们大约走了四百多俄里，到达了狩猎地区。在途中，我们也曾偶尔看见过一些范围不大的小块灌木林在厚厚的积雪中，仿佛抬着头向我们示意，可是进入猎区以后，从一边的地平线到另一边的地平线，除了像白色的镜面一样光滑平整的草场以外，其他的什么都不见了。我们选定一块略呈凹形的地块搭起帐篷，建起了宿营地，这块地方将是我们接下来八周时间里狩猎生活的立足点。搭完帐篷的时候天已经黑了，因为我们打算在这里宿营八周左右的时间，所以帐篷也就是我们唯一的寄身之处，必须搭建得牢固、舒适、方便，搭建的狗舍也必须保证在任何情况下都能安全。

第二天，虽然营地上还有许多工作要做，但是干完一些要紧的工作后，大家都给自己放了个假，休息了一天。接下来，大家打算每天轮流着出去打猎。第一夜比较平静地过去了，第二天组长特意安排了一部分人做加固营地等工作。他们首先在帐篷外围筑起了高高厚厚的雪墙，并把周围地面上的雪堆起来做成瞭望塔，这样既能很好地观察草原、加强防备，又能使我们营地的地形特征鲜明，出去打猎的伙伴们回来时就不会迷失方向，而且还把帐篷外围墙的东北角特意加固、加高了一些，因为这个季节的狂风通常会从东北方向刮来，积雪能达二米高。其实，我们是雪中挖雪，在雪中建立了一个宿营地。从远处的草原来看的话，根本看不到我们的宿营地，而从营地整体上看，防范外部袭击的安全性是非常高的。然后，我们将十架雪橇靠帐篷外面的东北角立着摆放好，又把狗舍搭在了雪橇的旁边，这样，我们能从帐篷里观察到狗的情况。

这里的冬天白昼短，黑夜长，只要月亮一出来，夜间就像白天一样。

只要有月亮的夜晚，就不会变得太灰暗。相反，如果没有月亮，眼前就漆黑一片，什么也看不见。夜晚巡视时，我们的放哨人员一般都站在帐篷的南侧，因为寒风几乎都是从东北方向刮来的。如果野狼从北边或东边袭击过来，狗会及时告知我。而如果野狼从南边或者西边袭来，因为是逆风而行，狗不容易察觉到，所以野狼往往利用我们的弱点来袭击。

第二天，除了照看狗的人以外，其他人都休息了一天。专职照看狗的人也不会做其他工作，当然，我们也没有必要给他增加其他工作。据我观察，明天好天气是肯定无疑的了。太阳从地平线上落下去的时候，就好似红红的火球，所以天气不会突然变化的。翌日，六个人赶着三架雪橇进入猎区，观察了一天毛皮猎物的状态，而其他人员留在营地，检查并修理了捕猎用的铁夹子，争取使每个铁夹子都达到良好状态。

以后的几天，每一位猎手天天都去草原上展开辛苦的捕猎工作。为了最大限度地接近野兽，我们每天都要行走到很远的地方，有时候因为离开营地太远而两三天不能回来。有一天晚上，八名猎手到了约定好的时间却没有回来，也许是发生了什么不好的事情吧。留在营地的我们不知道伙伴们发生了什么，在哪里，或者遭遇了什么，为了让他们更容易辨认出方向以及返回的路，我们在营地点燃大堆篝火等待他们归来。这一夜大家都非常担心，留下的仅有我们三个人，应急的救援也实施不了，不仅如此，我们几个还必须考虑自身的命运将会如何。

第二天的傍晚，在落日的余晖里，我们看到了我们的狩猎团队，才终于放心了。天渐渐黑下来的时候，我们点燃了给伙伴们指引方向的大堆篝火。他们都回来后，我们确认还缺了两条狗，但人员都齐全，他们满载着猎获的东西归来。像往常一样，我们将雪兔肉用铁丝穿起来做烧烤吃。

随着时间的推移，我们带来的食物以及其他储藏品渐渐减少了，但是狩猎的收获渐渐增多了。这时，是该我们下定决心返回去的时候了。现在比起计划的天数已经超出了不少天，圣诞节应该能回到图鲁汉斯克过节。接着，我们花费两天的时间做了返回的准备，一切都按照计划进展得很顺利。美中不足的是丢失了两只狗，而且大多数狗的腿上都出现了冻伤。如果算起来，这些就是目前我们的损失，取而代之的是，我们获得了价值可达两三千德国马克的猎物。

作者与他心爱的骆驼

189

蒙古西伯利亚

踏破记

暴风雪后的草原上悲哀的冻死尸体

　　启程往回走的那天早上，太阳高高地升起来，不过那也是我们在回家途中见到的最后一次日出。我们出发不大一会儿，天空开始阴沉，就这样，一直到我们赶到图鲁汉斯克为止，天气始终是最恶劣、最让人烦恼的状态。刚开始，虽然狗的状态很好，但只能缓慢地行进，长时间的强烈的狂风暴雪阻碍了我们赶路。昏暗的白昼持续不断，每天都是灰暗的天空，只能走四十俄里。大约走到一半路程的时候，四条狗一起患了重病，向导说等这些狗的身体恢复健康至少需要八九天。在无可奈何的情况下，我们枪杀了这四条狗，然后下定决心继续赶路。

　　来狩猎场地时我们一路只花费了九天的时间，但是回去的时候，由于天气不好，再加上狗得病等原因，竟花费了十六天的时间才赶到图鲁汉斯克。当我们回到出发地时，离圣诞节还剩五天。一周时间内我们付出了很大的努力，现在终于回到了原来的地方，愉快的心情简直无法形容。我看到给我寄来的小邮包已经堆积如山，其中有一份通知我必须赶到海参崴的紧急报告。我原打算沿着通古斯卡河到泰加森林地带，然后取近道继续往东方旅行，现在看来必须放弃这个计划了。之后，我用两三天的时间整理了一下行李，又把毛皮卖掉一部分，手头只留了最优质、最上等、最值钱的几张毛皮。我与朋友、熟人们一起在这里欢度了圣诞节。

蒙古西伯利亚踏破记

18 奔向克拉斯诺雅尔斯克——最后的旅程

　　新年一过，我就开始为我旅行的最后一段路程做准备，就是从图鲁汉斯克到距离最近的有铁路车站的克拉斯诺雅尔斯克市。这就是目前摆在我面前必须面对的一千多俄里的路程，这一段路程我必须完全靠雪橇行进，除了雪橇没有其他的选择。新年之后初八那天，我一切准备就绪，在向所有的熟人、朋友们告别后，又一次开始了为期四周或五周时间的、遍地都是厚厚积雪的、茫茫的草原之旅。

　　迄今为止我都是与别人组成大团队旅行的。可是这一次，为了尽快赶到海参崴，我只好独自一个人旅行，或者偶然能碰到谁就跟他一起去。所幸的是，图鲁汉斯克的一位向导和两位毛皮猎人约好和我一起出发，这样我能和他们一起走大约三百俄里的路。很高兴我又能愉快地和新的朋友一起赶路了，而我自己也有两位一起走的通古斯猎手，他们两个人打算和我一起走到叶尼塞斯克后与我分手，去往东方的通古斯卡河上游他们的亲属们所在的地方。这样，我们一共六人，赶着五架马拉雪橇，组成一个小小的旅行队伍出发了。

　　我们出发的当天早晨天气格外寒冷，但天空是晴朗的。不大一会儿，图鲁汉斯克在远远的地平线那一边消失了，周围一片都是茫茫白雪。这次旅行的天气大都是晴朗、无风的，真是好天气，更有好心情。这也是由于周期性袭来的冬季性季风已经基本过去了的缘故。

　　马匹休息得也较好，所以每天都可以在深深的积雪中行进三十多俄里的路程。根据我多年的旅行经验，这次我带了一个通古斯式的除雪效果非常好的帐篷。其实我原本打算一个人旅行，所以带上这样的一个帐篷挺合算。这个"裘幕"——通古斯人对帐篷的称呼——能非常轻松地搭建起来，又轻巧，又方便，所以每天晚上宿营时，我自己一个人很快就能搭建好。并且，即使我独自一个人在草原上宿营也不用惧怕狼群袭击，它能很好地保护我的安全。我们当中一个人在外面巡视警戒的时候，其他三个人在帐篷里想尽各种办法搭建出了休息的铺位。

到第九天时，我们一共走了三百俄里路程，猎手们与我们一起行走的路程到此就要结束了。我们搭好了最后一次共同宿营的帐篷，然后在第二天早晨分道扬镳，各奔前程。

猎手们沿着向东的方向走向通古斯卡河下流地区。而我们三个人横过封冻的河面，为了完成剩余的大约一千三百俄里的路程，一直到叶尼塞斯克而继续着旅程。迄今为止，除了在穿过草原时发生了几件常见的事情以外，总体上一切都顺利，最后的一个晚上也平静地过去了。

次日早晨，我们互相祝愿彼此旅途平安、顺利后挥手告别，并沿着各自的路线，在洁白的草原上出发了。从这里，我们要么横过河面冻结的叶尼塞河，要么沿着这条河岸行走，这样就必须到沙石较多的通古斯卡河注入叶尼塞河的河口处，而这段迂回路有将近一百俄里远。随着向前行进，一些村庄模样的建筑偶尔能看见了。

这里虽然困难较多，但是这条直通海岸的河流沿岸，有的地段非常适宜搞农业，有的地段适宜搞畜牧业，所以这条河流的流域和沿岸时常出现人烟。

第二天的傍晚，按理说我们应该很快就到达通古斯卡河注入叶尼塞河的河口处，但是，这时我们意外地遭遇了特别猛烈的狂风。在没有好办法的情况下，我们只能抓紧时间搭建并加固帐篷，在帐篷前安放好车马，并把马拴在车上。狂风刮得太强悍了，根本无法点燃火堆，大家只好都聚集在帐篷里一起取暖。这附近根本见不到人影，村庄更是无影无踪，要是能找到一些点燃篝火的干柴的话，燃起火堆取暖防寒就好了。但是在强劲的狂风中，别说找村庄了，钻在帐篷里都不能出去。我们硬挺到了深更半夜，大家挨冻的身体开始麻木了。这时狂风有点减弱，大家也能从帐篷里出去捡拾干柴火了。伊玛义——这是我领来的一位通古斯人的名字——不一会儿就抱来了一大捆干柴火。我们用干驼粪做引柴，在帐篷门前点燃了一堆火。一开始，火堆不易点燃，但风一吹，渐渐地，火势越烧越大了。

我们周围的温度一下子上升起来，大家又聚在一起取暖，这样，我们就能考虑和照顾马匹以及我们自身了。在暖烘烘的火堆旁躺下、休息、睡觉时，半夜已过，已接近黎明时分了。我们打算明天赶到叶尼塞斯克，然后在那里休息、放松一天。我总想，如果不在这遍地是雪、孤独寂寞的草原上休息，而是想方设法在附近找到村庄、住进房屋的话，那该有多好啊！

第二天早晨，我们很晚才启程赶路，傍晚终于赶到了一个小村。村民也是俄罗斯人，把我们安排在村里的长老家住了一宿。我们很幸运地在温暖的屋子里，在火炉上烧开水的茶壶旁边休息、放松了一天。

虽然在这河流的附近能经常望见人员居住的屋舍、村庄，然而这里人们的生活实在是贫寒、不便。生活确实不如意。漫长的冬季将这里的人们紧紧地限制在矮小的屋子里，什么也不能做，什么也做不成。在短短的夏季里，在这贫瘠的土地上，所能收获的作物是微不足道的。而在冬季里，他们或者出去狩猎，或者就在那原始、简朴的小房子里围着火炉待着而已。冬天，因迷路来找他们的人是极少的，因此，这里的居民基本与周围的世界隔绝了。每月一次，村里的商人去相距二三百俄里远的另一个较大的村庄出售带去的毛皮以及其他产品，然后买来粮食、其他食品以及其他必需品。以这样的商人为媒介，可能传播进来一点点新的，或者已经非常落后的陈旧的外界信息。在这里，虽然是落后的、陈旧的消息，也被当成某种程度的新闻来相互传递，可以说，这里的人们根本就不知道什么叫新闻。在这荒凉、寂寥中生活的大部分人迄今为止连铁道、火车都没见过，在我旅行途中就碰到过很多除了西伯利亚以外不知道还有其他地方的人。在这个村庄里——只能暂且叫作村庄——其实住户只有九户，房屋都是木制的小房子，这还是我们从图鲁汉斯克出发以来见到的第一个有人的地方。冬季，特别是雪大的年份，这里的大部分木屋会由于过于矮小而被积雪掩埋掉，有时候只能通过冒烟的小烟囱勉强确认那里面有人居住。另外，居民之间相隔较远的话，还必须挖开积雪修通道。此类事情在这个地方并不稀奇。

我们在村里的长老家住了一夜。这位长老同样是俄罗斯人，有妻子和长大成人的三个儿子。他曾经多次被政府当局驱逐，最后在这人烟稀少的草原上定居下来。他的房子很大，他给我们三个人安排了足够宽裕的铺位，马匹也得到了满意的照料。那一天，我们在火炉上的大烧水壶旁边待了一天，我们的房东给我们讲述了他曾经的苦难经历。傍晚的时候，全村的人都想从我们几个人嘴里听到点关于外界的什么消息，都聚集到了这位长老家里。这里的人们晚上睡得早，我们也是入乡随俗，刚刚到八点钟，我们就在火炉旁边的床上躺下休息了。

我们想第二天早早就出发，所以傍晚的时候就把一切东西都准备好了。告别前，房东给我们每人喝了一杯热茶和伏特加。为了对房东的热情款待表示感谢，我们特意拿出一部分小费放到桌子上，可是房东先生无论如何也不肯接受。没有办法，我只好把钱收起来，放入怀里的小衣袋里。虽然在这里仅仅待了一天，但是分别的时候确实难舍难离，心情无比沉重。

主客双方相互祝愿、致礼后，我们开始了接下来的路程。到此，我们旅途中最困难的部分已经过去。一路上，或者是横过封冻的河面，或者是沿着河岸行进，我们一天比一天接近了城镇，一天比一天接近了文明。现在，我们每晚都能够住宿到村庄里的居民家里了。

草原本来的特性渐渐消失，取而代之的是丘陵性质的地形。我们还看到了比以前看见过的森林要大得多的大片的森林。东西伯利亚博大的针叶树森林，特别是勒拿地区的针叶树森林，一直连绵延续到这一带。

非常艰苦地行进了整整十四天以后，我们来到了叶尼塞斯克。这里也处于非常滞后的状态，但是，这里的居民大部分是俄罗斯人。休息了两天后，我们把马换了。现在仅剩下旅程的最后一程了。

在离开叶尼塞斯克大约一百俄里的地方，我的两位伙伴与我分手，去了他们的同族人居住的通古斯卡河的上游地区。

对于我来讲，现在距离克拉斯诺雅尔斯克只剩下两三天的路程，这一段路程即使我一个人赶路也没有什么危险了。经过了六周乘坐雪橇的旅行，我终于看见了草原旅行的最终目的地。在克拉斯诺雅尔斯克休养了几天，我把草原旅行一路的风尘、劳顿干干净净地洗掉，把一路旅行的辛苦、疲惫统统消除，在身心得到充分的休养恢复之后，我乘坐东西伯利亚特快列车向远东的海参崴前进。

蒙古西伯利亚踏破记

19　永久的谜

辽阔的西伯利亚大草原，无论是冬天还是夏天，就其丰富的变化，对于外来者来说是一个难以解开的谜。不仅是现在，将来也许还会是一个谜。尤其对于不专业的旅行者来说，也许永远也不可能了解这个大草原的真正面貌，这个大草原也许会永远作为一个谜，停驻在这个地球上。就像草原非常神秘，是一个谜一样，住在这个草原上的民族也是非常神秘的，也是一个谜。吉尔吉斯人也好，塔塔尔人也好，或者是通古斯人，以及维吾尔人等，这些民族的一切神秘都在于其风俗习惯方面。他们的存在对于第三者（外来者——译者注）来说充满了神秘色彩，即使在这些民族中间生活几个月，不，甚至生活几年，在各民族、各部族之间处于支配地位的难以用笔墨表达的法则是无法公开于世的。在这个草原的各个季节中，深藏着无限的、不可知的秘密或者说神秘性，这些也是很难用笔墨来表达的。尤其是极其寂寥的西伯利亚草原居民，更是难以用笔墨来表达的。曾经离开西伯利亚铁路沿线，去草原深处调查、了解过的人，无论是谁，都会对那博大精深、变幻莫测的北国之美难以忘怀吧。

著者的足迹（西伯利亚）

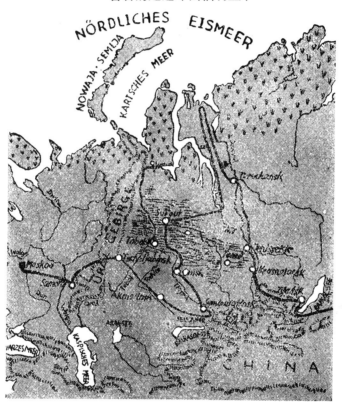

- 通古斯人的居住地
- 札茹拉玛居住的通古斯的居住地
- 沼泽地
- 冻土地带

蒙古西伯利亚踏破记

日汉对照外来语单词一览表

アジア	亚洲
ヨーロッパ	欧洲
アルタイ	阿尔泰
ローマ	罗马
ロシア	俄罗斯
チョーヂャ（人名）	确吉
ウリヤスタイ	乌里雅苏台
セレンガ河	色楞格河
キアフタ	恰克图
マイマッチン——アルタンブラク	买卖城——阿拉坦布拉格
キルギス人	吉尔吉斯人
コブド	科布多
サルト	萨尔特
ヅンガライ	准噶尔
エクタク山脉	鄂科特科山脉
コパル	科帕尔 （kopal）
タタール人	塔塔尔人
タリム（人名）	塔里木
エビ・ノール湖	艾比湖
タルバガタイ山脉	塔尔巴格太山脉
カラタル河	卡拉塔尔河

イレンチヤ山脉	伊连哈比尕尔山脉
サモワール	（俄国式的）茶炊
ウオトカ	伏特加酒
ヂャイル山脉	加依尔山脉
アヤル・ノール	艾里克湖
ウリュングル湖	乌伦古湖
ピラフ	西洋式炒饭或西洋式热粥
イルティシ河	额尔齐斯河
チャンガイ山脉	杭爱山脉
カラ・ウソ湖	哈尔乌苏湖
ヅアプスン河	扎布汗河
サイル・ウス	赛伊如乌苏
キルギス・ノール	吉尔吉斯湖
トルキスタン	突厥斯坦（现在的乌兹别克斯坦）
ヅルガ・ノール	吉如噶诺尔湖
クミス	马奶酒
セクト酒	干葡萄酒、香槟酒
タシケント	塔什干
セミパラチンスク	塞米巴拉金斯克
サイト・ワン寺	赛伊图·万寺庙
アルプス山脉	阿尔卑斯山脉
キニーネ	金鸡纳霜
イエカテリニブルグ	叶卡捷琳堡
ウラル山脉	乌拉尔山脉
シベリア	西伯利亚
チェリアビンスク	车里雅宾斯克
トロイカ	三套马拉的雪橇（注：冬季为雪橇。其他季节里是三套马车）
ウラジオストック	海参崴
バシュキル人	巴什基尔人

199

蒙古西伯利亚踏破记

イシム河	伊希姆河
オムスク	鄂木斯克
アクモリンスク	阿克莫棱斯克（现在的阿斯塔纳市）
ブランデー	白兰地酒
トボルスク	托搏尔斯克
エビ河	鄂毕河
ペテルブルグ	彼得堡
ミーチャ	米确（人名）
レナ地区	勒拿地区
ヤクート人	雅库特人
サモエド人	萨摩鄂杜（Samoyed）人
ジヤルラマ	札茹拉玛（人名）
ツルハンスク	图鲁汉斯克
ヴオルガ	伏尔加
ウオグール人	维吾尔人
タイガ	森林地区
クラスノヤルスク	克拉斯诺雅尔斯克
イエニセイ河	叶尼塞河
イエニセイスク	叶尼塞斯克
イマイ	伊玛义（人名）

后　记

笔者学习日本语、从事日本语教学工作以来，在工作之余最喜欢阅读的图书就是有关蒙古、蒙古文化方面的日文图书。形成这样的阅读习惯后，一方面很好地补充了笔者关于本民族文化、历史知识的不足，另一方面，或多或少地了解了日本等外国人对蒙古、蒙古民族的看法和思考。

本书是一本了解近代蒙古人，了解蒙古人和北方民族的文化、习俗、社会生活概况的绝佳的图书。

本书介绍了在蒙古高原上自古以来商队的旅行生活，介绍了近代草原丝绸之路上坎坷的命运，以及决死的冒险等丰富的内容。

本书原版为俄文。日本学者田中修治将其译成日文并由三笠书房于1938年出版发行。由于历史、时代的缘故，本书日文版中的以下问题，为笔者的中文翻译带来了诸多不便。

1. 苏联时期地理名词的问题。由于本书俄文版成书于早期的苏联，所以，书中出现了大量当时使用的地名词，而有些地名词在苏联解体后被废止或更改。比如书中的"アクモリンスク/阿克莫棱斯克"这一地名词出现频率较高，该地区现在哈萨克斯坦，已更名为阿斯塔纳市，为了让读者容易理解，地名的翻译尽量使用了当前通用的写法。

2. 日本语语言表达的问题。该书的日文版是众所周知的二战前的图书。二战前的日本语与现代日本语在文字使用、表达方面有很大的区别，具体来讲就是，战前日本语多使用汉字，而且繁体字较多。例如，在该书日文版的"译者寄语"部分有"数万留"一词，该词在现代日语中写成"数万ルーブル"，即"数万卢布"。还有，现代日语中的"少なくとも"一词在该书中写成"尠くとも"。诸如此类汉字的使用问题，要求读者、

蒙古西伯利亚

踏破记

译者必须熟悉二战前的日本语，熟悉二战前的日文资料。

3. 日本语外来语单词的书写问题。在本书中，蒙古国的"科布多"这一地名写成"コブド"。根据《広辞苑》电子版，该地名还可以写成"ホブド"。而2009年由成美堂出版的《世界地图》一书中写成"ホヴド"。该词为音读地名，根据蒙古语原词，容易判断是同一个地名，如果是其他外来语单词，由于书写不统一而带来的麻烦则是不言而喻的，由此也可以了解到片假名书写的外来语词语在不同的历史时期有不同的写法。阅读日文版的《蒙古西伯利亚踏破记》时应特别注意外来语的时代特点。

4. 语句冗长、烦琐。受俄文原著的影响，日文译著中存在语句烦琐、冗长等问题，还有难以理解的句子和段落。有些段落内层次混淆，内容繁杂，有些语句日本人读起来也比较难懂。针对此类问题，译者根据前后文，在尊重日文表达基本意思的前提下，适当采取了意译、加译、拆译等诸多翻译技巧。

5. 纠正了词语错误。在文中，经常把"雪鸡"写成鸢（小鹰）。在日文译著的上篇中，作为中亚、蒙古地区的野生猎物，经常出现的有雪兔和雪鸡。而日文译著将"雪鸡"一词经常译成"鸢"。"鸢"是鹰目鹰科的一种小鹰，主要觅食死去的小动物，分布于包括日本在内的世界各地。"鸢"不是人类捕猎的野味，所以译者将日文译著中出现的猎物"鸢"都翻译成了"雪鸡"。

6. 纠正了文字方面的错误。在日文译著第73页有"ユスター"一词。该词在日本国语大辞典《広词苑》和外来语辞典上都找不到，显然是排版时文字输入的错误。根据前后文，译者将"ユスター"一词当作"マスター"一词来理解并进行了汉译。还有，在第208页有"任民"一词，该词也明显是汉字排版时的错误。译者将该词改为"住民"，然后进行了汉译。

在图书编辑、印刷方面以非常认真、讲究质量著称的日本人，在本书的文字编辑、审稿方面出现了诸多漏洞。不过，根据本书日文译著的出版年代、历史背景，可以想象当时的日本出版行业出书时已经很难做到"非常认真"了！

对于译者遇到的上述问题的处理，以及对汉译全文，敬请学术界专家学者批评指正！

借此机会，我要感谢呼和浩特民族学院日本外教永井康博士、丰岛高德硕士，在百忙中帮助译者解决了诸多日文译著中的疑难问题。还要感谢呼和浩特民族学院日本语专业学生贾晓辉等同学利用宝贵的时间无偿地帮助我完成了汉字输入等工作！

中文译者　马福山于呼和浩特市
2015 年国庆吉日

203